夢のあとに

葛田一雄

夢のあとに

装幀・挿画　ささめやゆき

一

花祭りの日、清は佳世を初めて見た。花冷えのする午下《ひる》がりだった。

学校の帰りに延命寺に寄って、花御堂《はなみどう》のお釈迦様に柄杓《ひしゃく》で甘茶を注ぎ、寺から分けてもらった甘茶を持って清は急ぎ足で家に戻った。

「母ちゃん、ただいま。ね、いま出ていった女の人、誰?」

「裏の空き家あるだろう、あそこに引っ越してきた小室さんだよ」

玄関から出てきたその人とはすれ違っただけだったが、若くて綺麗な人だと思った。

「甘茶もらってきたよ」

「延命寺さんのお花祭りかい」

「うん。あれっ、ココアだ。このバンホーテン、いまの人が置いてったんだね。すげえや。きっと、金持ちなんだ」

「清、甘茶を飲んだら八百屋さんにおつかいに行っとくれ」

母親は話を打ち切るように腰を上げた。

それから三、四日経って、富江は言った。

「清、裏のおねえちゃん、佳世さんと口きいちゃいけないよ」

「だって、いつも近所の人には挨拶しろって……」

「とにかく駄目だよ。病気でも感染《うつ》されたらことだからね。いいかい、わかったね」

富江に言われていたのに、一学期の中間テストが終わった日に清は佳世と話をしてしまった。

逗子銀座通りを抜けて池田通りの交差点脇にある電気屋の前で、清は立ち止まってラジオから流れてくる「若いおまわりさん」を聞いていた。

♪もしもし　ベンチでささやく　お二人さん
　早くお帰り日が暮れる
　野暮な説教するんじゃないが……

「卒業するまで　へばらずやんなぁ、まもなく夜明けだ　日も昇るぅ」

ラジオに合わせて鼻歌を歌っていると、ポンと肩を叩かれた。

「もう学校終わったの？　早いのね。野呂さんのところの、清君でしょ。私、裏に越してきた小室佳世。どうぞよろしく」

「あっ、はい……」

佳世に話しかけられて、清は顔が真赤になった。なんだかとても恥ずかしかった。

じゃあね、と佳世が歩いていく先にアロハシャツの黒人が待っていた。

黒人は噛んでいたガムを大きく膨らませてパチンと割った。佳世は笑って黒人の顔を見上げ、腕を組んだ。

清は突然いたたまれない気持ちになり、気がついた時には駆け出していた。駆けながら清は、

「チェッ、なんでぇ、あいつパンパンじゃねえか」

と吐き捨てるように言った。

夕方、家政婦をしている富江が帰ってくると清はすぐに訊《き》いた。

「母ちゃん、パンパンと話をすると、病気になる？」

「何だい、やぶから棒に。何があったのさ」

「ううん、別に何もないけど……。何の病気がうつるの」

「何の病気って、お前……大人の病気だよ」

富江のバツの悪そうな顔を見ると清はそれ以上しつこく訊けなかった。

大人の病気ってなんだろうか、子供にもうつるのかな。清は心配でその夜なかなか寝付かれなかった。


「村井、訊きたいことがあるんだ」

清は村井達夫を教室の隅に連れていった。

「パンパンと話をすると病気になるのか」

「えっ、パン助と……?」

「うん、母ちゃんが、大人の病気がうつるって」

村井は、お前は馬鹿だなという目つきで清を見た。

「話したぐらいで、病気になるはずねぇだろ。おい、山中、黒田、ちょっと来いよ。グズラがよォ……」

グズラは清の小学校以来のあだ名だ。野呂清の野呂はノロマのノロだというので、それをひねってグズラになったのだった。

村井が山中一郎と黒田周平に耳打ちをすると、二人はニヤニヤして清を見た。

「グズラはまだまだ子供やなァ」

大阪生まれの黒田が言った。

「グズラ、お前なんて好きな女の手を握ったこともないんだろ」

「手ぐらい……あるさ」

本当はないのだが、山中の決めつけるような言い方が癪《しやく》に障《さわ》った。

「じゃあ、南の手を握ってみろよ」

清は波多南《はだ》と口をきくとすぐに顔が赤くなってしまうので、山中たちによく揶揄《からか》われている。

「面白《おもしれ》ぇ、やっちゃえ、やっちゃえ」

村井は清の右腕をつかんでグイグイと南の席まで連れていった。

「おい、南、手出せよ」

「何するの」

「いいから出せよ」

「だから理由を言ってちょうだい」

「グズラがよォ、お前の手握りたいって」

「おれ、そんなこと言ってないじゃんか」

清は真赤になりながら口を尖らせて、右腕を握っている村井の手をほどこうとした。ところが左手を黒田に押え込まれ、頭は山中にヘッドロックされた。清は身動きがとれず頭も痛くて泣きそうになった。

「もう、やめてよ。いいわ、私、清君と握手する」

清はヘッドロックされたまま、南と握手させられた。

「おい、みんな。聞けよ、グズラがよ、女と手を握ったら、出来ちゃうって言いやがんの。だからよ、南はこれでラーポンだぜ」

南は険しい表情で村井に言い返した。

「村井君、何よ。悪ふざけもいい加減にして」

キッとした言い方だった。

清はどういう訳か涙がこぼれてきた。ヘッドロックされていた頭は痛かったけれど、清が泣いたのは痛さのためではなかった。何も抵抗できなかった不甲斐ない自分が恥ずかしく、そんな情けない自分を南がかばってくれたのが悲しくもあり、嬉しくもあった。何とも複雑な涙だった。

「チェッ、これしきのことで、泣くなよ。女と男はアレをしなきゃ子供出来るはずねぇじゃンか。梅の病気だってよォ、アレしなきゃ、うつらねえよ」

村井は言い捨てると自分の席に戻った。

その日は午前中で授業が終わった。帰りぎわに清が「さっき、ごめんな」と南に謝ると、南は笑いながら「大丈夫よ」と言った。

清が家に帰ると、卓袱台《ちゃぶだい》の上に富江の書き置きと拾円札が五枚置いてあった。

――大野さんでお客様があるから、帰りがちょっと遅くなる。お腹がすいたら、このお金で徳屋にでも行きな――

富江は医者の大野の家で家政婦をしている。

清はお金をむき出しのまま握って徳屋に行った。清の他にお客はいなかった。

「支那そば。あっ、やっぱり、しなちくにする。しなちくそば一つ」

「一つは言わなくったって分かるよ。お客はあんたしかいないんだからさ」

うるせえな、一言多いんだよ、このデブブタ婆さんは……

「表の看板のブタにそっくりなんだから」

清が小さくつぶやいたのが耳に入ったのか、

「えっ？」

と徳屋の松子が訊き返した。

「ううん、何でもない。おばさん、早くしてね。おれ、腹ペコなんだ」

「あんた、しなちく一丁ね」

「私もしなちく……」

声をかけながら、暖簾《のれん》をくぐって若い女の人が入ってきた。佳世だった。

松子は「はい、いらっしゃい」と振り返ったが、佳世の姿を見たとたんに、顔をしかめた。

「ここ、いい？」

清は、他にも席があるのに、と思ったがコックリと頷いた。

「清君は何年生？」

「中一です」

「そんなに、かしこまらないで。清君、学校楽しい？　クラブ活動は何やってるの？」

「電気クラブでラジオ作ったり、ハムやったり」

「ハム？　ああ、アマチュア無線ね。清君は機械いじりが好きなのね」

「小学校の時は、鉱石ラジオやゲルマニウムラジオを作ったよ。夏休みになったら浜のボート屋でも手伝って、小遣い稼いで、ここに出ているラジオのキットを買うつもり」

清は手にしていた『ラジオ製作』のページを開いて佳世に見せた。

「そう。早く買えるといいわね。あ、きたわよ、おいしそう……」

清が丼に残った汁を飲み干している間に、佳世は食べ終えて席を立った。

「おばさん、ごちそうさま。はい、二人分。清君、じゃあね」

勘定を済ませると、佳世は清が礼を言う間もなく店を出て行った。

お金を払ってもらって儲かっちゃった、この五十円はラジオを買う足しにしよう。

清はうれし気にズボンのポケットにお金をねじ込んだ。

「清君、いる?」

佳世が裏木戸から声をかけた。

「あ、昨日はお金払ってもらっちゃって……」

「いいのよ。ところでさ、これ訳してくれないかなぁ。手紙なの」

佳世は手にしていた便箋を開いて見せた。

Dear my Kayoko,

「えっ、英語じゃン! おれなんかに出来っこないよ」

「だって清君、学校で英語やってるんでしょ、ジャック&ベティ。ね、お願い、やってよ。お礼にチョコレートとチューインガムあげるから」

佳世は清に手紙を押しつけ、

「この手紙書いたのね、私のこれなの」

と親指を立てた。

「これって?」

「いい人のこと。ほら、この前、道で会ったでしょ。ジェームスっていうのよ、名前。アメリカのオハイオっていうとこの出身なんだ。だから私、朝じゃなくても、おはよう《オハイオ》ジェームスっていうの。フフフ……」

中学一年生になったばかりの清に英文の手紙を訳すことなどできるはずがなかった。

手紙の中でかろうじて理解できたのは、Dear my Kayokoというところだけだった。

「カヨコか……」

佳世はジェームスにカヨコと呼ばせているようだった。

「さっぱり分かんねぇや。I have a penなら、やったのにな」

スペルが短い単語を探して、ようやくLoveと三か所書かれているのを見つけたが、あとは、ちんぷんかんぷんだ。清は畳に寝ころがり読めもしない手紙を広げ、いつまでも眺めて頭をひねっていた。


「北見先生」――清は渡り廊下で英語の北見先生を呼び止めた。

「おう、野呂か。何だい」

「先生、これ見てもらいたいんです」

清は佳世から預かった手紙を北見先生に見せた。

「何だ、こりゃあ。ラブレターじゃないのか。野呂、これどうしたんだ。まさか、お前が書いたんじゃ……」

「やだな、先生。おれはそこに何が書いてあるのか、先生に教えてもらいたいと思って」

「そうか……。うん、分かった。今日、学校が終わったら、家に来い。野呂のところは池田通りだな」

「はい、先生は田越橋のとこですね」

「橋のたもとだ。お前の家から十分もかからんだろ」

清は北見先生にどことなく親近感を持っていた。清の身長は一五三センチで、体育の時に身長順に整列すると男子で前から三番目だった。北見先生も小柄で、清よりいくらか高い程度だ。生徒の輪の中に入ったりすると、背広を着ているからようやく教師だと分かるほどである。これと対照的なのが体育の岡田先生で、一八〇センチ以上あり、「六尺岡田」と生徒から呼ばれていた。二人並ぶとまるで大人と子供だ。

中学に入って北見先生の最初の授業が終わった後、村井が清や山中、黒田に言った。

「俺、あの北見っていう先公、大嫌《でえきれ》ぇ。眼鏡越しの目、見ろよ。意地が悪そうで虫酸《むしず》が走るぜ。六尺岡田より三〇センチは小せぇじゃン、尺とり虫だな、あいつ」

清は別に北見先生を嫌いだとは思わなかったが、それ以来、清たちの間では北見先生を「尺とり虫」とか「尺とり」と呼ぶようになった。

「尺とり虫の家に行くのか……」

北見先生の家に呼ばれたことは嬉しかった。自分が特別に目をかけてもらったような気持ちになった。

「でも、どうして学校じゃいけないのかな」

次の授業は担任の坂本先生の国語だった。

坂本先生は授業の始めに必ず俳句を一句取りあげる。

春の海　ひねもすのたり　のたりかな

「いい句じゃのう。人間、こうした余裕《ゆとり》を持っちょらんといかん」

「牛蒡《ごぼう》のバーカ」

清の後ろの席の山中が小声で言った。牛蒡はやせて色黒の坂本先生のあだ名だ。

「俺はな、坂本龍馬が大好きだ。龍馬の言葉、心はいつも太平洋ぜよ、は実にええ。海は俺たちの心の母だ。海は喜びも悲しみも、辛さも苦しさも、ぬくさも、みんな知っちゅう」

「偉そうに言うな。太平洋の牛蒡が」

また山中が、今度は声を少し大きくして言った。

「おい、山中、立て」

突然、坂本先生が怒鳴った。山中はのっそりと立った。

「言いたいことがあるなら、手を挙げて言え。いまゆうてたことを、大きな声でもう一度ゆうてみい」

山中は俯《うつむ》いたまま立っている。教室は水を打ったように静まり返った。校庭でバスケットボールをしている生徒たちの歓声がやけに大きく聞こえてきた。

「さっきの、俺です」

村井が手を挙げた。

「村井、お前じゃない。山中だ」

山中は項垂《うなだ》れていた。

「違います。俺が言ったんです」

坂本先生は村井をしばらく見据えていたが、なおも自分だと言い張る村井に根負けしたのか、

「ほんなら村井、もう一度ゆうてみい」

と言った。

「はい。太平洋の牛蒡！」

教室中に響きわたるような大きな声だった。

「やめてよ、村井君。山中君、卑怯じゃないの」

南が堪《たま》りかねたように立ち上がった。

突然、坂本先生がゲラゲラ笑い出した。

「龍馬のチンポはでかかったと。俺のも決して引けを取らんぜよ。おい、村井、山中、

今度一緒に菊の湯に行ってみるかよ」

清は学校の帰りに北見先生の家に寄るつもりにしていたのだが、富江に日頃言われていることを思い出した。

「他所《よそ》の家に、時分《じぶん》どきやお八つの時間に行っちゃいけないよ。迷惑になるからね」

いったん家に帰って、四時少し前に家を出た。途中で今川焼を五つ買った。

「チェッ、五十円か。痛《いて》ぇな。佳世ねぇちゃんから、しなちくそば奢《おご》ってもらった分がパアになっちゃった」

清水橋を曲がって田越川沿いに歩いていくと、川がくの字に蛇行している辺りに大きな三角洲がある。そこで山中と黒田が釣りをしていた。

清が、二人に見つからなければいいけど、と思った時だった。

「おーい、グズラ。ここだよ、ここ」

山中に声をかけられた。

「どこ行くんや」

「うん、ちょっと……。釣れるか?」

「イナとセイゴや。ほら」

黒田が魚籠《びく》を引き上げて見せた。

「それと、メソッコ」

鰻を真似て山中が右手をぐにゃぐにゃさせた。

「あ、あそこにハヤ。山中たちは釣りか。おれは……」

「竿やったら、あるでぇ。一緒に釣らへんか」

清は田越川に目をやって、言った。

「おれは、母ちゃんに頼まれたことがあるんだ。じゃあな、でかいの釣れよ」

どうして山中たちに「尺とりの家に行くんだ」とはっきり言えなかったんだろう、いっそのこと、このまま家に帰っちゃおうか。清は躊躇《ためら》いつつ北見先生の家の呼び鈴を押した。

「誰?」

玄関のガラス戸が引かれ、眼鏡をかけた体格のいい女が顔を出した。

「野呂です」

「野呂君、何か用?」

「先生に教えてもらうことになってるんです。学校で先生から言われて」

「あら、そうだったの」

女は急に愛想がよくなり、「どうぞ、お上がりなさい」と言った。

玄関には赤や白の子供のズックが何足も乱雑に脱ぎ散らかっていた。

女は玄関のすぐ脇の小部屋に清を通すと、一枚の紙を渡した。

「北見塾申込書……?」

清はどうしてこんなものを書かされるのか訳が分らないまま、女に言われるとおり名前、住所、学校、学年を書いた。

「野呂清君っていうのね。あ、やっぱりね。一年生だと思ったわ、背が小さいもの」

「……」

「申込金と今月分の月謝、持ってきた?」

「え、何ですか。そんなの、おれ知らない」

「あら、先生言わなかった?　申込金千五百円と月謝が千円よ」

「……!?」

冗談じゃない。二千五百円あったら、貯金してラジオのキットを買うよ。徳屋のしなちくそばだって何杯食えるか……。

「しょうがないわね、持ってこなかったの。今度来る時、忘れちゃ駄目よ」

何かおかしいな……?

「じゃ、こっちに来て」

女が隣の部屋の襖《ふすま》を開けた。

「あれっ、木村じゃんか」

木村理恵子は清をチラッと見たが、すぐに机の上のテキストに視線を戻した。部屋を見回すと大島明彦と高田弘次もいた。三人とも清の同級生だ。他にも十名近く座っていたが、大半が同じ中学の連中だった。

北見先生が部屋に入ってきた。北見先生は清を見つけると、

「来たか、野呂。そんなところにつっ立ってないで、こっちに来い」

と言った。

「いいんです、先生……おれ……」

清は自分がひどく場違いな所に来てしまったような気がしてきた。

清は後退《あとずさ》りして部屋を出ると、ズックを履くのももどかしく一目散に北見先生の家を飛び出した。背後で北見先生の清を呼ぶ声が聞こえた。

翌日は英語の授業があった。

「起立！」

級長の長嶋が元気のよい号礼をかけた。清はのっそり立って、首だけをちょこんと曲げた。

「今日はレッスン7からだったな。リーディングできる者、手を挙げて」

木村と大島が手を挙げた。

「よし、大島、読め」

大島が甲高い声で教科書を読んでいる。清は教科書を閉じたままだった。表紙のJack &Battyの文字を何度も目でなぞった。

「それじゃ、これを訳してもらおう。面倒なところがあるが、どうだ、誰か訳せるか」

何人かが手を挙げ、木村理恵子が指された。

普段と同じ授業風景なのに、今日の清にはまったく違って見えた。

何でぇ、大島も木村も塾でおそわってきたんじゃねえか。馬鹿くさくて、やってられるか――清は黙って椅子に座っていることが下らなく、そして空しく思えた。

「ジャック&ベティ、ジャック&ベティ！」

清は机に教科書を叩きつけると大きな声で叫んだ。

「おい、野呂。どうしたんだ」

北見先生がびっくりした目で清を見た。

「どういうつもりなんだ。理由を言え」

清は小さな声で
「理由って言ったたって……」

と言うと、もう一度大きな声で
「ジャック&ベティ！」

と言った。

「野呂、立て」

北見先生は清の右頬を平手打ちした。

「打《ぶ》つのかよ」

清はこっちもどうぞ、というように左の頬を突き出した。北見先生はもう一度殴る素振りを見せたが、思い止まったのか廊下に立っているように清に命じた。

清は北見先生を怒らせて我ながら痛快だった。

「金取って予習させてるくせに。汚ねえぞ、尺とり虫。木村も大島もふざけんじゃねえよ」

廊下で清は独りごちた。

教室の内側から窓がトントンと叩かれ、一枚の紙きれが清の足元に落ちた。ノートの切れ端だった。

――気にすんなよ。尺とり虫みたいな先公、どうってことねえよ。村井――

清は大きく頷き、紙を丁寧に折って胸ポケットにしまった。

北見先生は授業が終わると、廊下にいる清に昼休み職員室に来るように言った。

「グズラ、何があったんだよ、何であんなことしたんだ」

村井が訊いた。

清は何をどう話していいか分からなかった。

「何でもない。授業がつまらないから、チョッと気晴らししただけさ」

清はとうてい昼休みに職員室に行く気にはなれず、放課後になってようやく職員室に足を向けた。

「あ、坂本先生。北見先生に呼ばれたんですけど」

「北見先生やったら、もう帰ったぜよ。俺でも分かることかよ」

「いえ、じゃあ、明日にします」

清はいったん職員室を出かけたが、いいアイデアが閃《ひらめ》いてすぐに取って返した。

「坂本先生、詩の本ありませんか」

「詩っていうても、どんな詩ぜよ」

「ええと、恋愛の……」

「ほぅ、どうしたがぜ。誰か好きな子でもできたがか」

「そんなんじゃありません」

「まあ、ええろう。詩か。ここには、と……」

坂本先生は引き出しをあちこち開けていたが、机の上に積んである本の山の中から、何冊かの詩集を探し出した。

「こんなのでどうぜよ。光太郎と中也とハイネ」

「あ、三冊も。坂本先生、すぐ返しますから、借りてっていいですか」

「構《かま》んよ、いつでも。そんなことより、頑張りよ」

坂本先生は清の肩をポンと叩いた。


「誰が尺とりなんかに頼むか」

その夜、坂本先生から借りた詩集を見て、ラブレターにふさわしい詩を探した。

「これなんか、どうかな……」

清はワラ半紙に「いとしいカヨコへ」と書くと、中也の『みちこ』を写した。

そなたの胸は海のやう
おほらかにこそうちあぐる。
はるかなる空、あをき浪、
涼しかぜさへ吹きそひて
松の梢をわたりつつ
磯白々とつづきけり。

またなが目にはかの空の

いやはてまでもうつしゐて
並びくるなみ、渚なみ、
いとすみやかにうつろひぬ
みるとしもなく、ま帆片帆
沖ゆく舟にみとれたる

またその顙《ぬか》のうつくしさ
ふと物音におどろきて
……

「これ、本当に恋の詩かな」
言葉の意味も分からなかったし、自信がなかった。それに「やう」や「うつくしゐ」なんてまずいんじゃないかという気がしてきて、いま写した『みちこ』を消しゴムできれいに消した。
「何か他のはないかな……」

思へば遠く来たもんだ

十二の冬のあの夕べ
港の空に鳴り響いた
汽笛の湯気は今いづこ

「十二才か。おれと同い年だ」

夏の日の午過《ひるす》ぎ時刻
誰彼の午睡《ひるね》するとき、
私は野原を走つて行つた……

私は希望を唇に噛みつぶして
私はギロギロする目で諦めてゐた
噫、生きてゐた、私は生きてゐた！

「へえ、詩ってけっこう面白いな。日本語はすげぇや。何がジャック&ベティだ」
頁を繰っていくと、うってつけの詩があった。
「うん、これにするか。旧かなづかいを直して、と」

月は聴き耳立てるでしょう、
すこしは降りても来るでしょう、
われら接唇《くちづけ》する時に
月は頭上にあるでしょう。

「あなたはなほも、か。ここは、カヨコはなおも、にして……」

カヨコはなおも、語るでしょう、
よしないことや拗言《すねごと》や

「よしないことって、何かな。ま、いいや。私は僕だな。洩さず僕は聴くでしょう――
けれど漕ぐ手はやめないで。っと。」

ポッカリ月が出ましたら、
舟を浮べて出掛けましょう。
波はヒタヒタ打つでしょう、
風も少しはあるでしょう。

「できた！　でもこれじゃ、ちょっと短いか。やっぱり二枚はないとな……」

中也の『湖上』を真似てそれらしきものを書きあげた清は独り言をいって、次にハイネ詩集を開いた。

「これがいいや。ここはカヨコに直そう」

薔薇よ、百合よ、鳩よ、陽よ
かつて僕は好きだった、みんな本当に好きだった
僕はもうみんな好きじゃない
今好きなのは
小さな、華奢な、ただ一人の人
すべて愛の泉、カヨコひとりが
今では
薔薇だ、百合だ、鳩だ、陽だ

「へい、一丁あがり、と」

清は口笛を吹きながら、一番最後に、愛してますカヨコさん　ジェームス、と付け加えた。

「清君、例の手紙、やってくれた？」

「うん……」、
ゆうべは中也とハイネをつなぎ合わせて翻訳を完了したつもりになっていた清だったが、佳世を目の前にすると急に不安になってきた。

「大変だったでしょ。私ね、学校嫌いだったから横文字なんて見るのも厭《いや》なの。清君が訳してくれて助かっちゃった」

清は心臓がドキドキしてきた。

「頂戴」

手を出した佳世に、清はしぶしぶ詩を書き写したワラ半紙を渡した。佳世はその場で読み始めたが、すぐに顔を上げ「清君」と言うと、ニッと笑ってまたワラ半紙に目を戻した。

「ずいぶん古めかしい言い方だけど、ロマンチックでいいわ。私、最高の気分」

佳世は読み終わるとニコッとして、清にウインクした。

「ここのところなんて、どう？　すべて愛の泉、カヨコひとりが今では薔薇だ、百合だ、鳩だ、陽だ、だって」

無邪気に喜ぶ佳世を見ていられなかった。清は、いかさま和訳をしたことを後悔していた。

「よく言うのよね、ジェームスが。オーマイサンシャインってさ。サンシャインって太陽のことなんだってね。今では陽だ、か。フフッ、いいなぁ」

冷や汗が出てきた。

「本当にありがとう。はい、これ。約束のお礼」

ハーシーの板チョコとリグレーのチューインガムが一箱ずつだった。

「こんなに……おれ、こんなにいらない」

「遠慮しないで。ジェームスにPXで買ってきてもらったの。食べ切れなかったら、友達にあげればいいわ」

クラスのみんなの嬉しそうな顔が目に浮かんだ。

「清君、ジェームスの手紙は?」

いくら佳世が英語が読めないとはいえ、比べればいかさま和訳をしたことが明白となる証拠の品を佳世の手に渡したくなかった。清がどぎまぎしていると、

「あ、いいや、いいや。訳してもらったのがあるし、私が持ってても宝の持ち腐れだから。将来もし、清君が英語のラブレター出すことがあったら参考にして。じゃ、またお願いいね」

佳世はそう言って茶色の封筒を清に押しつけると帰っていった。

封筒には「ラジオ早く買えるといいね」と書いてあった。

「へえ、ねえちゃん、意外ときれいな字を書くんだな。それとも、これも代筆かな」

中には千円札が一枚入っていた。清は札を両手で持って太陽に透かした。

「こんな大金、もらうわけにいかねえや。チョコレートやガムだけならまだしも、千円なんてもらったら詐欺と同じだ」

チョコレートとチューインガムを一箱ずつ買ったら千円ではきかないことに清は思い至らなかった。

清の中で佳世に千円を返すべきだという気持と、一度もらったんだから佳世の言うように、ラジオを買う足しにしようかという気持が振り子のように揺れた。

「母ちゃんに相談してみようか。だけど……」

富江に話をすればどうせ返せと言われるに決まっている。

「それなら母ちゃんには黙っておこう」

考え倦《あぐ》ねて、結局、佳世から渡された千円はもらうことにした。

清は千円を赤い郵便ポストの貯金箱に入れ、チョコレートとチューインガムは押入れに隠した。

「清、今日はお前の好きな混ぜごはんだよ。たくさんお食べ」

富江はおひつの蓋を開け清の茶碗によそった。

清は富江が座っている後ろの押入れに目をやった。

「おまえどこか体の具合でも悪いのかい。食も進まないようだし、さっきからムッツリ黙り込んで……」

「ううん、何でもない」

清は富江に隠し事をしているのが気になって、せっかくの混ぜごはんもろくに喉を通らなかった。

「あのね、裏の佳世ねぇちゃんが、チョコレートとチューインガムくれた」

「なんで、くれたの」

「分かんない」

「そんなの食べるんじゃないよ。返しといで。母ちゃんが返してきてやろうか」

「いいよ、いいよ。明日、自分で返しにいくよ」

もちろん、返すつもりはなかった。


清は学校に行くと、板チョコとガムを箱ごと村井に渡した。

「おれ、板チョコとガムもらっちゃった。クラスのみんなで分けようぜ」

村井は「すげえじゃン」と言うと封を切った。

ハーシーの板チョコは十二枚、チューインガムは二十個入っていた。村井は板チョコ一枚とガム一個を取ると「グズラ、これ、お前の分」と清の前に置いた。

「南、残りを全員に渡るように分けてくれ」

「いいわよ、アヤ、手伝って」

南は仲のいい手塚文子《あや》を手招きした。

ガムはクラスの者全員に二〜三枚ずつは渡る勘定だった。南と文子は板チョコをどう分配するか相談していたが、結局女子だけに配ることで話が決まり、二人はガムと割ったチョコを手分けして配って歩いた。

「アメちゃんのガムはうまいなぁ。グズラ、おおきに」

黒田はガムをくちゃくちゃ噛みながら言った。

「あたし、家に持って帰ろう」

「早く食べないと、溶けちゃうから」

あちこちで、はしゃぐ声がしてきた。

「ちょっと、うるさいわね。私はいらないわ。これ、返す」

理恵子が、チリ紙の上に、板チョコとガムを載せて、南に突き付けた。南は何故？というように首を傾《かし》げたが、「そう」と言って受け取った。

「俺もいらない」

大島が理恵子に倣《なら》った。

「僕もけっこう」

今度は高田だった。

「お前等、どういうつもりなんだよ。ふざけんじゃねぇや」

山中が三人に詰め寄った。

「誰からもらったのか、分かったもんじゃないわ。あなたたち、よく平気ね」

理恵子も負けていない。

「なんて、おきれい好きなんでしょ。お嬢さまは違うわね」

文子が憎まれ口をきくと、村井も女の声色《こわいろ》を真似て、理恵子を茶化した。

「理恵子さん、よその方から物をいただいちゃ駄目よ。何か毒でも入ってたら大変。そうじゃなくても不潔な方の手にはバイキンがたくさんついているから、お腹が痛くなっちゃうわ。いいわね、理恵子さん」

「あなたたちって意地汚いのね。人がくれるものなら、何でももらっちゃうの？　野呂君、あなた、これ誰にもらったの、はっきり言いなさいよ」

「うるせぇ！　誰だっていいじゃねえか、お前には関係ないだろ。食いたい奴だけ食えばいいのさ。食って下さいって頼んでるわけじゃねえぞ」

清は佳世がせっかくくれたのに、こんなことになってしまって、むしょうに悲しく、そして口惜しかった。

南が理恵子の目の前に立って、言った。

「私、あなたなんか、大っ嫌い」

ちょうどその時、戸が開いて北見先生が入ってきた。北見先生は教室が騒然としているので眉をひそめた。

「どうしたんだ、何かあったのか」

「先生……」

理恵子が立ち上がった。

「木村、どうした」

「はい、先生、みんなチョコレート食べたりガム噛んだり、私、いけないことだからやめてって言ったんです。そしたら、みんなで寄って集《たか》って私をいじめて……」

理恵子は途中から半べそになった。

「みんなって誰と誰だ」

「村井君と山中君、野呂君、黒田君、それに波多さんと手塚さんです」

「いま名前を言われた者は立て。君たち、木村をいじめたのか」

北見先生は一人一人を睨むようにして訊いた。

「俺、いじめてなんか……」

「嘘つけ、村井。お前の顔に、いじめたと書いてある」

「先生、一方的に決めつけないで下さい。いじめられたのは、おれたちのほうです」

清は口を尖らせて言った。

「そんなことないだろ。北見先生、村井君たちが木村さんをいじめたんです。大島君も僕も見てました」

高田が北見に訴えた。

「よし、分かった。そうすると、お前たちはガムやチョコレートを教室で食べたんだな」

立たされている六人は、もう何も答えなかった。

「どうなんだ、食べたのか、食べないのか」

北見先生は黒板に向かうと、Be honestと書いた。

「はっきりしろ、食べたのか、食べてないのか」

黒田が噛んでいたガムを、北見先生に向かってプッと吹いた。ガムは北見先生の背広に当たって下に落ちた。呆気にとられている北見先生に、黒田はすかさず言った。

「いくら食べざかり、育ちざかりの僕かて、ガムなんて食べまへんで。噛んでただけや」

「貴様！」

北見先生が黒田の襟元をつかんだ。といっても、北見先生より黒田のほうが頭半分は背が高かったから、つかむというより首を持ち上げる恰好になった。誰もが、黒田は北見先生に殴られると思った。その時、

「先生、おれは食べたよ」

清が板チョコを銀の包み紙ごと食べた。

「野呂、お前……。よし、立ってろ、後で家の人に来てもらうから覚悟しておけ」

清はチョコも銀紙のまま食うと、ちっともうまかねぇや、と思った。


「清、ちょっとここにお座り。母ちゃん、教頭先生と北見先生にこっぴどく怒られてきたよ」

「ごめん……だけど、おれ」

「お前チョコレートとガム、佳世さんに返せっていったのに、返さなかったね。その上、よりにもよって学校に持っていったなんて。母ちゃん、開いた口が塞がらないよ。学校に遠足にでも行ってるつもりかい、お前は」

「だって」

「だって、じゃない。母ちゃんはね、片親だからって人様に後ろ指差されたり、お前に肩身の狭い思いをさせたくないんだよ」

「おれ、別にそんな思いしてない」

「北見先生がね、野呂君はお父さんがいないから、お母さんがその分ちゃんと教育してくれなければ困るって……。こんなありさまじゃ、母ちゃん、父ちゃんに申し訳が立たないじゃないか」

あの尺とり虫、関係ねぇこと言いやがって。いつか絶対に北見先生を殴ってやるからな。

そういえば、坂本先生って面白い先生だね、と思い出したように富江がプッと笑った。

「坂本先生もいたの?」

「担任だからね。坂本先生ったら、ええじゃないですか、たまにはチョコレートぐらい食べなきゃ、この食料不足の時代には栄養失調になってしまいますよ、だって」

「坂本先生らしいや」

「それでね、教頭先生から、担任がそんなことだから生徒も調子に乗るんだってお叱りを受けてた。とんだやぶへびで、坂本先生にも気の毒したよ。出来の悪い子供を持った親も苦労するけど、出来の悪い生徒を受け持った先生も大変さね。ま、それはともかく、佳世さんからもう二度と何ももらうんじゃないよ、いいね」

清は佳世ねぇちゃんが悪いわけじゃないのに、と思ったが、うん、と頷いた。

二

「今日さ、徳屋で支那そば食って、それから俺んち来ねえか、グズラ」

村井は黒田や山中、それに南と文子も誘うつもりだと言った。

「テレビ、見させてくれる？」

村井の家にはテレビがあった。

「当ったり前《めえ》さ。今日、栃錦と若乃花だぜ」

若乃花は先場所、準優勝していた。今場所は優勝候補だ。

放課後、六人で連れだって徳屋に行った。

清は、いつもこの店はすいているけど、これでもやっていけるんだろうか、と心配になった。

「おばはん、僕らのおかげで、えらい繁盛でんな。ちょっとはおまけしてくれてもええんと違うか」

「冗談じゃないよ、うちは良心的なんだから一杯当たりの儲けなんて、雀の涙ほどもありゃしない。可哀想だろ、あんたたちもたまにはチャーシューでも食べとくれよ」

「へへへ、そのうちね。今日のところはしなちくにしとく。な、みんな、いいだろ」

「私三十円しかないから、支那そばでいいや」

「しょうがねえな、じゃ俺が十円足してやるよ」

文子に村井が言った。

六人はずるずる音をたてて、しなちくそばを食べた。

「南、遅えな。まだ食ってんのかよ」

山中が南の丼を覗き込んだ。まだ、麺がかなり残っている。

「南、誰かに手伝ってもらいなさいよ」

「グズラ、お前、食ってやれよ」

「そしたらグズラ、ボテレンやで」

「ボテレンって?」

「いや、ややこが出来て腹が大きいなることや」

「何言ってんの。男に子供が出来るわけ、ないじゃない。黒田君って何も知らないのね」

南が真面目な顔で言ったので、大笑いになった。


大相撲、結びの一番が終わった。優勝したのは若乃花だ。土俵の上を座布団が舞っている。

「すげえ、強いや」

清は思わず拍手をしていた。皆も拍手をした。

村井はテレビを消して、みんなを見回しながら言った。

「俺よ、今度という今度は、北見のこと許せねえよ。みんなもそう思わねえか。あれが先公のすることかよ、えこひいきしやがって」

「ほんまや。なんや、あの尺とりの奴」

「木村さんもなにさ」

南は木村理恵子のことがよほど腹に据えかねているようだ。

「ともかく、このままじゃ気が済まねえよな」

「あんな先公をのさばらしといたんじゃ、俺たちの恥だぜ」

「北見先生だけじゃないわ、南も言ってたけど、木村さんや、それにあの男の腐ったような大島君たち」

「男の腐ったのじゃなくて、女の腐ったのだろう」

「いいの。女の腐ったのより、男の腐ったほうが手に負えないもん」

「手塚、お前もよく言うよ」

「グズラ、どうして黙ってんだ」

みんなの視線が清に集まった。清は一つ深呼吸した。

「いままで黙ってたんだけど、おれ、知ってることあんだよな」

「何だよ」

「うん……」、
清は自分から言い出したくせに、言い澱《よど》んだ。

「言っちゃえよ」

「いつだったか、山中と黒田が三角洲で釣りしてたことがあっただろ」

「ああ、あん時」

山中が相槌《あいづち》を打った。

「うん、あの日、おれ、尺とり虫のとこ行く途中だったんだ」

「え、尺とりの家に？」

「何しに行ったんだよ」

「おれんちの裏にパン助がいるんだ。パンパンなんだけど、いい人なんだ、佳世ねぇちゃんっていって……」

清は佳世からおはようの手紙を訳すよう頼まれたことを話した。

「グズラに和訳なんて出来るはずねえだろう」

「山中君だって、英語苦手なくせして」

南が笑って、ひやかした。

「だから、おれ、尺とりに訳してもらおうと思って、その手紙見せたんだ。そしたら、家に来いって言われて……。今川焼持って尺とりの家に行ったんだよ」

「それで?」

文子が身を乗り出した。

「そしたらさ、眼鏡かけたおかちめんこが出てきて、おれに金寄こせって言いやがんの」

「えっ、お金?」

南が素っ頓狂な声を上げた。

「おれが塾に英語習いに来たって思ったんじゃねえかな」

「塾って、尺とり虫、塾やってんのか」

「ねえ、ちょっと、学校の先生が塾やっていいの、村井君どう思う?」

「俺、知らねえけど、現に尺とり虫がやってんだから、いいんだろ」

「せやけど、アホやなぁ、そのおかちめんこ。グズラとこにゼニあると思てんのやろか」

「どうせ、おれんちには金なんか、ねえよ。ともかくよ、北見先生は塾やってんだ。塾に誰が来てたと思う、聞いたら驚くぜ」

「学校の奴が行ってんのか?」

「うん、C組にも行ってるのがいる。例の三人だよ、木村、大島、高田」

村井たちは顔を見合わせ、まさか、という顔をした。

「あいつら、汚いよ。授業で次にやるとこを塾で習ってくるに決まってんだ」

「そうよね。英語の時間は、木村さん大抵手を挙げるもん。私だって、ちゃんと予習するのよ。だけど、分からないとこあるの。木村さん、いつも答え、合ってるでしょ……」、おかしいと思ったわ、と南は唇を噛んだ。ライバルとしては許せないらしい。

「ま、それは実力の差かもしれないから、なんとも言えないけど、どっちにしても、三人とも見下げた奴らだな」

村井の言葉に、みんな大きく頷いた。


「おい、野呂、テキストはどうした」

北見先生は清の机の上に何も出ていないのを見咎《みとが》めて注意した。清は北見先生の声など耳に入らないふりをして、窓の外を眺めていた。

「テキストを出すんだ」

北見先生が声を強めた。清は北見先生を横目で見て、白いズックの学生カバンから一冊の本を取り出して机の上に置いた。北見先生はその本を手に取ると、小さな声で「中也か」と言って本を机の上に戻した。清は北見先生がまた怒鳴るのではないかと思ったが、北見先生は黙って清の脇に立ったままだった。清はゆっくり詩集を開いて文字を目で追いはじめた。

「村井、次を訳しなさい」

北見先生に指されて、村井が立ち上がった。

「難しくて、分かりません」

「じゃあ、分かるところまででいいから、訳せ」

「はい。……ジャックは家の庭に種をまきました。ベティは川に洗濯に行きました」

「そんなこと、どこにも書かれておらんぞ。真面目にやれ」

「ベティはジャックからジャックナイフを借りると」

「村井、いい加減にしないか。そんなこと、どこに書いてあるんだ」

「だから俺、最初に、難しくて分からないって言いました」

「お前は先生を馬鹿にしているのか」

「いいえ、尊敬してますよ」

「何を！　廊下に立ってろ」

村井は教室の戸を勢いよく開けて、廊下に出た。

「ちゃんと閉めるんだぞ」

その時、清が中也の詩集を小脇に抱えて立ち上がり、自分も廊下に出て、戸を静かに閉めた。

梅雨の合間の薄い陽が差し込む夕暮れだった。清は縁側に腰掛けておやつを食べていた。富江がふかしていったさつま芋だ。

「清君、美味しそうね」

佳世が生け垣越しに身を乗り出してきた。

清はあわてて、さつま芋の残りを飲み込んだ。

「また手紙が来たの。頼むわね」

清は、この前のチョコレートとガムが因《もと》で、先生とは言い争いになるし、クラス中がとんだ騒ぎになったと佳世に話した。

「そんなことがあったの。余計なものあげて、ごめんね」

「だから、もうチョコもガムもいらない」

「分かった、分かった。だけど、これは訳してもらわないと、私、困っちゃうな。他の人には恥ずかしくて頼めないし……。清君だったら信頼がおけるから安心して頼めるもんね」

「母ちゃんがね……」

「ん？　おばさんが、どうしたの」

清は、母親の富江が佳世のことを心よく思っていないことを言いかけた。

「母ちゃんが……あんまり遅くまで起きてると、うるさいんだ」

「それなら、大丈夫。今度は便箋一枚だもの、すぐ出来るわよ。ね、お願い」

清は、母ちゃんが知ったら、きっと怒るだろうなと思った。

「黙ってりゃいいや」

思わず口にした清は、あわてて「何時まで起きてたか、なんてさ」とごまかした。

今度の翻訳は楽だった。この間いかさま翻訳をして気がひけたことなどすっかり忘れていた。清は英語の時間中に読んだ詩集のうち、気に入ったところをノートに控《ひか》えてあった。ノートをめくって、その中の一つを書き写した。また中也だった。


清は上半身裸になってバットの素振りをしていた。庭に強い日差しが差していた。清の顔からも胸からも汗が滴り落ちていた。

「清君、元気ね」

佳世が木戸を開いて入ってきた。佳世に半裸の姿を見られていると思うとドギマギして返事にならない声を出した。

「うん。ああ」

「どう、出来た」

「出来たよ。一枚だから、簡単だった」

「ずいぶん早かったのね。ゆうべはお母さんに叱られなかった?」

「え？　ああ、他に宿題もなかったし、これだけだから、そんなに時間かかんなかった」

「どれどれ、どんなこと書いてあるの。わぁ、すごい。清君、どう、私ってすごく愛されてるでしょ、羨ましいと思わない？　清君、ガールフレンド、いる？」

清は赤くなった。南の顔が頭に浮かんで赤くなったのか、それとも、中也の詩を手紙の和訳だといってペテンにかけているのが恥ずかしくて赤くなったのか、清自身も分からなかった。

「嬉しいわ、ほんと、ありがとう。清君、だけど、この次訳してくれる時は、もうすこし易しい言葉を使ってくれない。清君の訳って古めかしくて難しいところがあるんだもん。私にも分かるように、ね？」

清はなお赤くなった。

「頼むわよ。これ、次の分」

「えっもう？」

「そう。彼、どんどん手紙書いてくれるの。よっぽど私のこと愛してるのね。じゃ、よろしく」

「だって……」

「いいじゃない。そんなに急がなくていいからさ。そうそう、チョコとガムはいけなかったんだっけね。ちょっと待ってて」

清はきっと千円が入った封筒を取りに行ったんだと思った。「清、佳世さんから何ももらっちゃ駄目だよ」——富江の声が聞こえてくるようだった。

思ったとおり、佳世は封筒を手にして戻ってきた。

「これも、いらないよ」

「何言ってるの、労働に対する正当な報酬でしょ。それも頭脳労働なんだから、立派なものよ。はい、受け取って」


清は登校の途中で村井と一緒になった。

「グズラ、学生服の長ズボンは暑いだろ」

村井は開襟シャツに半ズボンを穿いて手におもちゃのピストルを持っていた。

「俺、正太郎」

「村井じゃなくて金田だな」

『少年』に連載中の漫画、鉄人28号に登場するロボットを操る少年探偵・金田正太郎のことだ。金田正太郎は半ズボンを穿きピストルを手にして、子どものくせに自動車を運転する。

「中学って、テストがあるから、やだよ」

きょうから学期末試験だ。

「やだって言ったって、しャアねえよ。成績つけなきゃなんねぇし」

「全部〈1〉だって、かまうもんか」

「一〇〇番以内は貼り出すんだろ。名前がなかったら、みっともねえじゃンか」

「いくら名前が出てたって、一番ならいいけど下のほうだったら、それはそれでみっともないぜ」

どうせおれには関係ないけど。貼り出されなければ、一〇一番なのか三〇〇番なのか、誰にも分からないから、かえってそのほうがいいや——清は開き直って、そう考えることにした。

「だけどな……。それはそうと、グズラ、どうするんだ、英語。何もやってねえんだろ」

「尺とりの授業なんか聞いてもいない。村井、試験って、絶対に受けなきゃいけないのかな」

「0点でも何でも一応は受けなきゃなんねえだろ。俺さ、英語の試験、考えてんことあるんだ」

「何たくらんでるんだよ」

「へへへ、お楽しみ」

「次の英文を訳しなさい。Father……か」

清は解答用紙を裏返し、その上に俯《うつぶ》せになった。

「父ちゃんが死んで、もう三年経つのか」

清は父親の有一が、亡くなる前の年に富江と清を城ヶ島に連れていってくれたことを思い出した——向こうに着いたとたんに小雨が降ってきて、城ヶ島に波がぶつかっていたっけ。それを見て、父ちゃんが歌ったんだよな。

♪雨が降る降る　城ヶ島の磯に……

清は、小さく口ずさんだ。

しばらくすると、急にお日さまが照って虹が出たんだ。大きな、きれいな虹だった。たしか、母ちゃんが最初に見つけたんだ。城ヶ島と半島に架かる橋の真上から半円形に伸びた虹の端が広々とした海の沖合に溶け込んでいた。

清の脳裏に、磯に打ち寄せる白い波と空に架かる虹、そしてツバメが虹を横切っている光景が浮かんだ。

「あっ」、清は顔を上げると鉛筆を走らせた。

磯に降るツバメよぶ雨虹になる

「はい、そこまで」

英語の試験が終わった。清は答案用紙をひっくり返すと、一年C組　野呂清と書いた。

次の時間は国語の試験だった。

清は一通り答を書き終えて、答案を見直した。問四のところだけ空欄が残っている。

問四は「次の文章にあてはまる言葉を（　）の中に漢字で書きなさい」というもので、五つあるうち三つがどうしても思い出せない。
（イ）船をこぐことを職業とする者（　）
（ニ）海に潜って魚や貝をとることを職業とする者（　）
（ホ）馬に人を乗せたり荷物を乗せたりすることを職業とする者（　）
「船どう」「あま」だということは分かっても、漢字が思い出せない。（ホ）に至っては見当もつかなかった。

「あと、五分」

もう、時間ないのか。諦めるしかないや。……いや、ちょっと待てよ、母ちゃんの親戚に車引きがいたなぁ。でも船や馬は人力車じゃないから、「船引き」「馬引き」とはいわない……車引きは車夫ともいうけど、「船夫」「馬夫」ならどうだろう。「海夫」じゃおかしいか。まぁ、いいや。何も書かないよりましだ。

清は、それぞれ（船夫）（馬夫）（海夫）と答えを入れて鉛筆を置いた。

期末試験が終わると、ぼつぼつ答案用紙が返され始めた。

「木村、一〇〇点」

理恵子が喜色満面で北見先生から答案を受けとった。

南が文子と顔を見合わせて、口惜しそうに頷いた。

「……野呂、0点」

教室の後ろのほうで、誰かが「やっぱりな」と言ったが、清は何も書かなかったんだから、0点は当たり前だと平気だった。

「波多、九二点」

南、やったぜ！　清は南のほうを振り返り、音をたてずに拍手した――木村の一〇〇点なんて、なんでぇ。南のは実力だぜ。

「村井、0点」

教室の中が一瞬ざわついた。誰もが耳を疑ったようだった。

「村井、どうしたんだ、これは」

北見先生が村井に問い質《ただ》した。尺とり虫の奴、おれの時には何も言わなかったくせに。

「何のことですか」

「このダルマの絵の下に書いてあることを、みんなの前で読んでみろ」

「手も足も出ません。かけるのは、下だけです……」

「どういうつもりで、こんなこと書いたんだ。不真面目だぞ。中学生は中学生らしくしろ」

他の者は怪訝《けげん》な顔で二人のやりとりを聞いていた。

村井は冷ややかな目で北見先生を見ていたが、「はい」と言って座った。

休み時間になると、村井の席の回りにいつもの顔ぶれが揃った。

「村井、さっきの何だよ」

清がいの一番に訊《き》いた。

「そや、どないしたんや」

「あれ、どういうことなの」

「うん、俺、英語の試験、0点にしようと思ってたんだ」

「そんな。何のために……」

清は、ああ、そういえば、あの朝、村井が何か言ってたな、と思い出した。

「俺さ、最初から白紙答案出すつもりだったから、兄貴に訊いたんだよな、答が書けない時どうすればいいかって。そしたらさ」

「お兄さんって、慶應に行ってる……?」

「うん、兄貴がよ、教えてくれたんだ。ダルマさん描くんだって、答案用紙の余白に」

「手も足も出ないからダルマさんなのね」

「だけどよ、かけるのはしただけっていうのは?」

山中が訊くと、村井はニヤリとした。

「あれは俺のアイデア」

「どういうことやろ」

「したって、べろのことだろ」

清が舌を出して指差した。

「残念ながらべろのほうのしたじゃなくて、上下の下なんだよな」

村井は思わせぶりに腕を組んだ。

「じゃ、どういう意味なの、教えなさいよ」

南が村井に詰め寄った。

「だってよ、女がいちゃ言えねえよ」

「……?」

「な、グズラ、黒田、山中。みんなもアレやってんだろ?」

村井が妙な手つきをしてみせた。清も黒田も山中も、それを見ていっせいに照れくさそうに下を向いた。

「何さ、分かんないじゃない。何なの、これって」

文子が村井の手つきを真似て訊いた。

「馬鹿、やめろよ。駄目だよ、女がそんなこと人前でしちゃ」

清があわてて文子の腕を押えた。

「女はそんなこと知らなくていいの。男の話に首をつっこまない！」

南と文子は「私たちだけ仲間はずれなんて、ひどい」とふくれっ面になった。


午後の授業で国語の答案を返された。清は八七点、村井は九五点だった。

「船夫、馬夫、海夫……やっぱりみんな駄目か。そりゃ、そうだな」

清は渡された答案用紙を見て、苦笑いした。

坂本先生は全員に答案用紙を返し終わると、誰に言うとはなしに話し始めた。

「英語のテストで国語の勉強をしちゃあ、いかん。俳句を書いても点数をやれるわけがないじゃろうが」

清は、あっおれのことだと思ったが、みんなは坂本先生は何のことを言っているのだろう、と不思議そうな顔で聞いていた。

「点数がよかったのも、悪かったのもおる。よかった者《もん》は得意にならんと、ようけようけ勉強すること。悪かった者は、何クソと思ぉて次に頑張ること」

坂本先生はいったん話を切って、黒板に向かった。

少年老い易く学成り難し

と書いた。

「勉強ちゅうもんは、毎日毎日、一歩一歩の積み重ねじゃ。いい成績だからというて何もせんかったら、すぐに、みんなに追い越されてしまう。成績がようなかったといって嘆くこともない。点数のいい者の中には一夜漬けで山が当たったというのもおるし、本当は分かっちょったが、勘違いなんかで間違えてしもうた者もおるやろう。努力をすればすぐに追いつく。

人生は長いようでまっこと短い。君たちだって、すぐに俺の年になってしまう。その頃は俺も、爺さまじゃ。山本有三の『路傍の石』に、たった一度しかない一生を、ほんとうに生かさなかったら、人間に生まれてきた甲斐がない、というのがある。君たちの人生は君たち一人一人のものなんじゃけねえ。誰のためでもない、自分のためじゃけねえ……」

坂本先生は授業を終えると、

「今日はここまでにしちょこう。あ、そうそう、試験でペケがついていたところは、習《さら》っておいたほうがええ。間違いは人間、誰にでもあるきに。俺だって、間違いばかりだ。採点ミスだってあるかもしれん。おかしなとこ、納得できないとこがあったら言うてこいや」

と言って教室を出て行った。

清は濡れ縁で国語の答案を見直していた。

「船頭、海女、馬方か」

「清君、それ、テスト？　へぇ、八七点だって、すごいじゃない」

佳世が裏木戸をくぐって縁側まで入ってきた。

「国語はね」

英語は大変なんだよ、何しろ0点だから……。あわわ、佳世ねぇちゃんには内緒、内緒。

「ふうん、中学一年生はどんなことやってるの、見せて。……何さ、船頭も知らないの。ちゃんと勉強してくれないと、手紙もう頼まないゾ」

と笑いながら言って、帰っていった。

「素直に海の女って書けばよかったんだ」

それにしても、済んだ試験のことでいつまでもクヨクヨしていたって始まらない――

清は答案を机の中にしまった。

「清君、清君……」

いま帰ったばかりの佳世が大きな声で清を呼びながら、戻ってきた。

「ねえ、ちょっと見て。いいのよ、合ってるの。ほら……」

佳世は部厚い本を清の目の前に置いた。広辞苑と表紙にあった。

「ここよ、ここ。船の夫で船夫。ね、船頭のことって書いてあるでしょ。それからさ、このところ」

　佳世はしおりが挟んである頁を開いて指で差した。

「馬夫。本当だ、馬方も馬夫も同じ意味なんだ。じゃあさ、海の夫は？」

「うん、見てみようか、ええと、あふかな……それは、ないみたい。じゃあ、かいふ？……ない。そうすると……あまでしょ、ここか。清君、あまのほうは海の士ならあるわ。だけど、どうして士なんだろ、りょうしっていうのは漁に師なのに。ちょっと待って、へえ、漁師は漁夫ともいうのね。そうか、そういえば漁夫の利っていうもんね」

　佳世は辞書をあちこち繰っては、一人で合点したり感心したりした。

「でもさ、漁師が漁夫でいいなら、海夫だって、あったっていいのにな。おれにも見せて、探してみる」

　清は考えつく限りの読み方で「海夫」を探したが、見つからなかった。

　坂本先生は、採点ミスがあったら申し出るように言ったが、清は何となく行きづらい気がした。

「いくら辞書に書いてあっても、採点を間違えてるなんて、言えないよ。それに、正しいと知ってて書いたんじゃなくて、当てずっぽうを書いたら、たまたま合ってただけだもん」

「そんなこと言って、清君、先生に点取虫と思われたらイヤなんでしょ」

「それもあるし、友だちに、ガメツイとでも言われたら恥ずかしいじゃン」

「だけどさ、何も言わなければ、後であの時に言っておけばよかったって後悔しない？それより、いっそ、先生に言っちゃったほうがさっぱりするわよ」

「うん、それもそうだね。じゃあ、おれ、明日先生に言ってみる」


「ほう、こんな言い方もあるがか……」

坂本先生は辞書を閉じると、「すまん」といって頭を下げた。

「まいったな、俺の勉強不足じゃ！　船夫も馬夫も合《お》うちゅうがやね。この際、海夫もいいことにしちゃろう」

「でも海夫は……」

「ま、士も夫も同じようなもんじゃきに。俺たち教師には、教師用の虎の巻があるんじゃけんど、試験問題もついつい手抜きして虎巻《トラカン》から出すきに、こんなざまになる」

坂本先生はあたりに聞こえるような声で言った。清はヒヤヒヤして、そっと左右を見回した。どの先生も聞こえたのか聞こえないのか、知らんぷりをしていたが、小川先生だけが、困ったような心配そうな顔で、坂本先生を見つめていた。小川先生は社会科担当の若い女の先生で、清たちのクラスでも人気がある。

「あまっちゅうたら、俺の田舎の土佐じゃ、男が素潜りしよってな。それで俺はあまっていうのは女だけなのか、調べてみた。そしたら、海女だけじゃなくて、海士もあった、あった」

　坂本先生はちょっと間をおいて、

「海夫もあったような気がする……」

　と言うとペロリと舌を出して「そいつは冗談」とゲラゲラ笑った。

「まあ、ともかく海士とも言うわけじゃ。俺、興味をもったきに、小川先生に訊いてみた」

　思わず、清が小川先生のほうを振り返った。小川先生はまだこっちを見ていたが、清の視線に気が付くと急にドギマギして顔を赤らめた。清は、あれっと思った。

「小川先生の話じゃ、あまっていうのはもともと男の仕事だったそうじゃ。それが、そのうち伊勢あたりで女が潜りだしたんじゃね。この神奈川でも真鶴がそうやし、千葉じゃ御宿がそうやろ」

「先生、海女を見たことありますか」

「おう、あるとも」

「どうでしたか」

　坂本先生は清の耳許に顔を近づけると、小さな声で「つまらん。着物なんて着てやがって」と言った。清は坂本先生の笑っている目を見て吹き出した。

「点数、直しちょくきに」
清がぴょこんと頭を下げると、坂本先生は
「そうだ、野呂。俳句を英語に直してみい」
と言って席を立った。

学期末テストの成績が貼り出された。清は廊下の黒山のような人だかりを目にして、どうせおれの名前なんて出ているわけはないから、見たってしょうがないと思ったが、人の波に押されていつの間にか一番前に出てしまった。

一覧表には一〇〇番までの者の順位とクラス、氏名、それと総合点が書かれていた。

「へえ、一番から三番までは男じゃャン」

「女で一番は、木村って奴か。お前知ってる?」

「C組の木村理恵子……?　知らねえな」

すぐ横で他のクラスの者が話していた。清はトップから順に名前を目で追っていった。

一九番に南、三七番に村井の名前があった。思ったとおり、清の名前はどこにもなかった。「英語が0点じゃ、話になんねえよな……。あれ?　でも村井だって英語は0点だったんだ。そうすると、C組の一番は木村だけど……」

清は理恵子の総合点を試験科目数の「八」で割った。

「九〇点か。村井は英語の分を除くから、七で割り算すればいいのか……。オッ、九三点！　あいつ、頭いいんだ、すげえや」

清は試しに、学年で一番の者の平均点を計算してみた。

「びっくり！　一番だ……」

教室の中は成績の話でもちきりだった。

「村井、お前、トップじゃン」

「ふざけんなよ、グズラ。十番以内にも入ってないんだぜ」

清は得意になって、村井が一番である理由を説明した。

「村井がトップでっか、こりゃ、えらいこっちゃで」

「すごいわ、村井君」

「惜しかったな、英語を真面目にやってりゃ、本当に一番だったのに」

清たちの会話が聞こえたのか、理恵子の表情が固くなった。

「成績なんか、どうでもいいじゃンか。一番だろうがびりっかすだろうが、関係ねえよ。成績がいいからって、偉《えれ》えわけじゃねえしさ」

村井がたいして嬉しくもなさそうな顔で投げやりに言った。

三

清は中学に入って初めての夏休みを、少し大人びた気分で迎えた。
近所のいつも行く吉野湯でも、番台のおばさんの前で裸になるのが少し恥ずかしい。母ちゃんには内緒だが、

「おれにも、毛が生えてきた……」

からである。恥ずかしいが、実をいうと得意な気持ちもある。洗い場にいる大人の下半身と自分のそれをついつい見比べてしまう清だった。

この夏は、逗子の浜にある海の家や浮袋屋で手伝いをさせてもらって金を稼ぎ、早くラジオのキットを買おうと思っている。手紙のいかさま和訳をして手に入れた三千円を、清は手をつけずに赤い郵便ポストの貯金箱に貯《た》めていた。ひと夏、浜で働けばラジオが買えるだろう――清の胸算用だ。

逗子の海岸はさほど大きな浜じゃない。端から端まで歩いたところで、知れたものだ。その浜に日曜ともなれば十万人から多い時には十五万人もの海水浴客が訪れる。

清の家は省線の逗子駅から海岸に出る途中の商店街のはずれにあった。夏は朝早くから海岸に向かう海水浴客の下駄や木のサンダルの音が目覚まし代わりで、日曜などはおちおち寝ていられないほど喧騒《やかま》しかった。

「チェッ、朝っぱらから、うるせぇな。たまにはゆっくり眠らせてくれよ……」

清はいくら寝ても寝足りない気持ちで、また蒲団の上に丸まった。

「清、村井君だよ」

台所で富江が怒鳴った。

村井は清の部屋までズカズカ上がり込み、

「グズラ、まだ寝てんのかよ。お前よく寝てられるな、このくそ暑いのに。納豆になっちまうぞ。ほら、起きろ起きろ」

と肩をゆさぶった。

「浮袋屋行ってんだろ、けっこう疲れるんだよな」

清は寝惚《ねぼ》け眼《まなこ》をこすりながら起き上がった。

「そうだろうな。グズラ、チビだし、グズで要領悪《わり》いからな」

「ふん、悪かったな。何の用で来たんだ」

村井はニヤリとした。

「兄貴から、面白《おもしれ》ぇ本借りたんだ」

「マンガか」

「いや違う、文学だぜ、文学。桜山の人だぜ。何とか賞のさ」

何が文学だ。お前が面白いっていうんじゃどうせエロ本か何かだろ、清はそうは言わない代わりに
「睡《ねみ》ぃよ」

と欠伸《あくび》をした。

「どこが面白いったってよ、アレで女の部屋の障子破くんだぜ」

「アレって？」

「チンポ。おケケのチンポ！」

清は逗子在住の石原慎太郎が芥川賞をとったことを知らない。

部屋の英子がこちらを向いた気配に彼は勃起した陰茎を障子に突き立てた。

ほら、やっぱりエロ本じゃねぇか、そんなことで人のこと起こすなよ、バカと思ったが、清はもう一度「睡ぃよ」と言い、不機嫌な顔で「何の用なんだよ」、と村井の顔を見た。

「太陽族がよォ、いっぱいじゃン、浜はさ。のし歩いてるじゃン」

「らしいな。逗子はおれたちのもんなのにな」

「おう、そうだよ。だからよ、グズラ、泳ぎに行かねぇか」

「浜はやだよ。混んでるし」

「葉山の築港、築港の岸壁の間をさ。赤ふんしてさ。山中や黒田とさ」

「赤ふんって、ふんどしのか？」

「ああ」

「いいけど、赤ふんなんておれ持ってないよ」

「それがよ、黒田んちにさ、赤い晒《さらし》があるんだってよ」

「ああ、あいつの親父、生地問屋に勤めてんだっけ」

「うん、呉服屋かもしれない。とにかく、後で俺の家に来いよ、黒田が晒持って来ることになってるから」

最後に村井は恰好をつけて「俺は待ってるぜ」と前髪をかき上げて言うと、肩を揺すって部屋を出て行った。


清が村井の家に行くと、山中も黒田もまだ来ていなかった。村井はテレビでオリンピックを観ていた。

「おう、グズラ。観ろよ。ローズと山中だぞ」

「そうか。メルボルンだ」

「一五〇〇自由形！」

「誰？」

「山中毅！」

「山中って」

「お前、何にも知らねぇんだな」

清も平泳ぎの古川勝は知っていた。山中毅は高校生のオリンピック選手だった。

「やった。銀だ！　銀！」

清はゴールを見て叫んだ。

村井は言った。

「ちぇ、銀じゃなあ」

村井はテレビを消すと部屋を出て行ってすぐに戻ってきた。

「グズラ、いいもの見せてやろうか、ほら」

村田は手にしたラジオを見せびらかした。

「ラジオ……。ずいぶん小さいんだな」

「小せぇだろ」

「いじってもいい？」

「いいぜ」

ラジオの〈スイッチ〉と書かれたところを押すと、すぐに音楽が流れ出した。

「すげえ。あっという間に音が出らぁ」

「これ、トランジスタ・ラジオっていうんだって。親父が兄貴に買ってきたんだけど、勝手に俺も聴いてんだ、内緒で」

「あれ、コードがない。どうして、村井」

「だって、グズラ、鉱石ラジオに電気のコードあったか?」

そういえば、電球に二股をつけて、銅《あかがね》を繋《つな》いだのは、コードじゃなくてアンテナだったことを清は思い出した。

「鉱石ラジオとは違うけどよ。これ、電池が入ってんだぜ、中に」

村井は十円玉を器用に使ってラジオの裏蓋をはずし、乾電池を取り出してみせた。

「いいな、お前んとこ……」

♪おぼえているかい　故郷の村を
たよりもとだえて　幾年《いくとし》過ぎた

「これ、三橋美智也、大ヒット」

村井は言った。

「りんご村から……そのくらい知ってるよ」

清はトランジスタ・ラジオから流れる歌謡曲を聞きながら、テレビどころかラジオさえない自分の家が惨《みじ》めになってきた。

「おぼえているかい　別れたあの夜
泣き泣き走った　小雨のホーム」

「グズラ、お前、ひでぇ音痴だな」

清はラジオがあれば歌だって覚えられるのに、とつくづく情けなかった。


「こないして締めんねん……」

黒田が締めてみせた赤ふんは、すぐにも解けそうだった。

「黒田、それで外れないのか、大丈夫なんだな」

村井が念を押した。

黒田は目を伏せて小さく頷いた。

「あんれ、ま。あんだ、それ、なに」

村井家の家政婦、フミが赤ふん姿の黒田を見て目を白黒させた。

「そんなであれば、海サ行ぐ前に大事なところが丸見えだ」

フミが村井の家で働くようになって二年になるが、最初のうち、フミが洗濯物を干したり掃除したりするのを目にすると、清は母親の富江が働いている姿を見ているようで辛かった。

ある時、フミは清に言うとはなしにポツンと言った。

「わだす、こうして仕事している間、うちの坊主は今頃どうしてるかなぁってね、考えることあんだよ。可哀相だとも思うけど、わだすがこうして働かねば食っていかれないもの、仕方ないよねェ。うちの父ちゃん、身体弱いしさ」

フミがどんなつもりで清にそんなことを聞かせたのか分からなかったが、清はフミの顔を見るたびにその言葉を思い出すのだった。

「これじゃ、ふんどしでなくて前掛けみたいだ。ほれ、こっちに貸してみれ」

フミは赤い晒の反物を巻きほぐし、清たちの身体に合わせてハサミで切っていった。

「あのね、ふんどしはサ、こうして片っぽの端っこを肩にかけとくの、それでもう一方を股から通して……」

フミはモンペの上から、ゆっくりふんどしを締め始めた。フミのふんどし姿がおかしくて、清たちは涙が出るほど笑った。黒田の顔にもようやく笑いが戻った。

「これでよしっ。男の子のふんどし姿は凛々しくて気持いいな。坊っちゃまもよく似合うこと、まあ」

清は、村井のことをフミが「坊っちゃま」と呼ぶことには抵抗はなかったが、「よく似合うこと」という言い方がひっかかった。こういう風に富江も、勤め先の大野の家で子供にへつらいを言っているのかと思うと、やりきれなかった。

「そんじゃ、坊っちゃま、わだす買物サ行ってくるから、出かける時は戸締まりして下さい。鍵は郵便受けにお願いします」

「なんだ、お前んちの母ちゃん、いないの」

「ああ。お袋、今日は親戚の家に行ってるんだ。うるさいのがいなくて、よかったよ」

「赤ふん少年団の勢揃いや」

黒田が少年探偵団の歌を歌おうと言った。四人は庭に下りて横一列に並び、少年探偵団を歌った。

「赤ふん少年探偵団にして歌おうよ」

♪ぼ、ぼ、ぼくらは赤ふん少年団
　勇気りんりん　赤いいろ

赤ふん少年団は葉山鐙摺《あぶずる》港に向けて出発した。

途中の畦《あぜ》道で、村井がオケラを見つけた。村井はオケラを摘《つま》み上げて、

「オーケラ、オケラ、黒田のチンポコどのくらい」

節をつけて言った。

オケラが前脚を広げた。

「小せえの」

村井の言葉で、清と山中がガハハと笑った。黒田はあわてて、

「そんなことないワィ。大っきいでェ」

首を横に振った。

すかさず清が「嘘つけ」と言って、村井からオケラを取り上げた。

「オーケラ、オケラ、村井のチンポコどのくれェ」

オケラは前脚をいっぱいに広げた。

「それ見ろ、俺のでかいだろ」

村井は二の腕に力こぶをつくって得意そうに言った。今度は全員でガハハ、ガハハと笑った。

「グズラ、俺にもちょっと貸せよ。オーケラ、オケラ、南のオマンチョどのくらぁい」

山中がニヤニヤしながら言うと、またもやオケラは前脚をいっぱいに広げた。山中は清の顔を覗き込むようにして、黒田の口振りを真似て
「大っきィおまんナ」

と言った。

「うるせぃ！」

清は山中に飛びかかっていって、顎をチンロックした。

「グズラ、どうする。オケラ占いによると、南は太平洋だぜ」

清は村井の言葉で、「心はいつも太平洋ぜよ」が口癖の坂本先生の顔を思い出した。

先生、一学期の終業式の日、通信簿を全員に渡してから、

「夏休みは目一杯遊んで、九月には身体じゅう真黒うして学校に来《き》いよ。先生もこの夏は郷里の土佐に帰って来るきに」

と言ってたな。坂本先生がおれたちのこの姿を見たら、海士《あま》みたいだって言うかな、と清は思った。

四人が築港に着くと、ヨットの底に付いた貝殻を落としていた若い男たちが、清たちの赤ふん姿を目敏《ざと》く見付けて、近寄ってきた。

「おめぇら、やるじゃんか」

「なかなか、きまってるぜ」

逗子開成高校の生徒だった。

「よう似合いまっしゃろ」

「てめぇ、関西か、チェッ、女みてぇな言い方しやがって……。逗子に来たら、逗子弁

使えってんだ」

中の一人が黒田を小突いた。それを見て村井が「何で関西弁が悪いんだ」とくってかかった。「だいいち、逗子弁なんて聞いたことないよ」

「ふぅん、おめぇ、やんのか?」

背の高い男が一歩踏み出た。

その時、それまで黙っていた白い開襟シャツ姿のやや小柄な男が割って入り、背の高い男をたしなめた。

「やめとけ、やめとけ。ケンカなら自分より強い相手とやれよ」

「先輩、すいません」

先輩と呼ばれた男は清たちのほうを向くと、

「君たち、ごめんな。みんな、赤ふんよく似合うよ」

と言って黒く日焼けした顔をニコッとほころばせた。いかつい顔が笑うとやさしくなった。

高校生たちは、また船底の貝落としの作業に戻っていった。背の高い男が途中でくるりと振り返り、

「ハーバーは船の出入りが激しいから、気を付けな」

と大声で注意した。

築港の入口は、岸壁から岸壁まで二十五メートルほどある。

村井が最初に海に飛び込んだ。村井はクロールで気持ちよさそうに往復した。清はゆっくりと平で泳いだ。山中はまずクロールで泳ぎ、バックで戻ってきた。村井と清は立ち泳ぎをしていたが、山中が戻ってきたのをしおに、次々と岸壁に上がった。

「黒田何やってんだよ、お前も泳げよ」

山中が言った。

「なんや僕は今日、嫌な予感がする。足がつりそうな気ィがするんや。もうちょびっと様子をみとくわ」

黒田は両手を左右に振った。

「何言ってんだ。早く泳ごうぜ」

村井は岸壁に立っている黒田の手を引いた。黒田はへっぴり腰になりながら、

「そない早《せ》かさんかて、いま泳ぐがな」

と言って、手足を動かしたり首をぐるぐる回したりして、いつまでも準備運動をやめなかった。

「まったく黒田はグズグズしやがって……」

見かねたように、山中が背後から黒田に組みついて、懸命に踏ん張っている黒田を岸壁の突先まで押し出し、抱きついたまま二人して海に飛び込んだ。黒田はギャーギャー

叫びながら海の中でもがいていた。

「ハハハ……、あいつ、何ふざけてんだ」

「グズラ、様子が変だぜ。おい、黒田のやつ、泳げねえんじゃないか。俺、行ってくる」

村井は清に言い残すと、海に飛び込んだ。

黒田は山中の身体にしがみついて泣き叫んでいた。山中と黒田の身体がもつれ合ったまま海中に沈んだ。村井がそれを追いかけた。

村井は海面に顔を出すと、大声で岸壁にいる清に「駄目だ」と言った。

清はとっさに「溺れた！　助けてーっ！」と助けを求めて大声で叫んだ。

貝殻落としをしていた、さっきの高校生たちが、ものすごい勢いで走ってきた。

一番先に海に飛び込んだのは、先輩と呼ばれていた男だった。続いて何人かが飛び込んだ。

黒田と山中が岸壁に引き上げられた。黒田はしこたま水を飲んだとみえて、ゲボゲボやっていたが、しばらくすると人心地ついたらしく、肩で大きく息をついた。

高校生たちは口ぐちに「よかった」「びっくりしたぜ」などと言いつつ、ヨットに戻っていった。村井と清は、高校生たちの後姿に向かって「ありがとうございました」と礼を言った。横でへたり込んでいた山中も立ち上がって「すいません」と頭を下げた。

黒田は声をしゃくり上げながら、泣き声で「おおきに、ほんまおおきに」と言った。

「えらい騒ぎ起こして、悪かったなァ。僕、ほんまは泳げないんや。けど、そんなこと言うたら恰好悪いやろ。それが恥ずかしいて、村井に泳ぎに誘われた時、つい泳げるようなこと言うてしもたんや。まさか、村井が赤ふんの話に乗るとは思わへんかったし……」

「黒田、泳げなくたって恥ずかしがることないぜ。逗子に住んでたって泳げない奴、たくさんいるんだからよ。俺、この夏休み中に、お前を泳げるようにしてやる。その代わり、特訓だからな。覚悟しろよ」

村井が黒田に言った。

「すぐに泳げるようになるさ。黒田、頑張れ、へこたれるなよ。また、赤ふん少年団で泳ぎに来ようぜ」

な、みんな、と清は同意を求めた。

黒田が泣きやむのを待っていたように、山中が「ごめんな」と言って、黒田の肩に手を置いた。

「ええんや、気にせんとき。僕も悪かってン」

黒田が山中に笑って頷いた。四人は誰からともなく肩を組んだ。

♪われは海の子　白波の……

山中に清が村井が、そして黒田が続いた。

煙たなびく　とまやこそ
わがなつかしき　住家なれ

清たちの目の前をヨットが通りすぎていった。さっき黒田を助け上げてくれた先輩が「大丈夫かぁ！」とヨットの上から尋ねた。清たちは手を大きく振ってそれに応えた。黒田は「おおきに、おおきに」と言って何べんもヨットに向って頭を下げた。清は手を振りながら、ヨットの帆に描かれた龍の落とし子がどんどん小さくなっていくのを目で追っていた。

清が富江を手伝って庭で洗濯物を干していると、生垣越しに民生委員をしている亀山が声を掛けてきた。清は亀山が佳世の家から出てきたように思えて、あれ、という顔で亀山を見た。

「おはよう、仲がいいね」

「あら、おはようございます。母子二人だけですから喧嘩なんかしていられませんよ」

富江は洗濯物を干す手を止めた。

「仲がいいのが一番、清君は幸せ者だね」

清は何が幸せで何が不幸せなのかなど考えたことがなかったから、答えようがなかった。

「この子には我慢ばかりさせていますから。今日は何か。」

富江は清の手にあったシャツを取り上げて両手で広げながら言った。

「いえね、まあ、その……」

亀山は曖昧に答えた。

「そうそう、富江さん、よかったら今晩にでも家に来てもらえませんか。ちょっと相談ごとがあるものですから」

富江は、振り返って清を見てから言った。

「この前のようなことでしたら……私は……」

「いやいや、別の話です」

亀山は右手を上げて去っていった。

清は、この前の話がなんだか知っている。富江の再婚話だ。その時、清は、母ちゃんが嫁《い》きたいなら勝手にしたら、おれに父ちゃんは一人でいい、母ちゃんが誰と結婚しようと絶対に父ちゃんとは呼ばないからね、と頑《かたく》なに言い張ったのだった。

「清君、浜は休みなの？」

佳世が木戸から入ってきた。

「ううん、浮袋屋の親父が、週末だけでいいって。だからさ、おれ、ハンペン」

「ずいぶん色の黒いハンペンね」

「そのハンペンじゃないよ、普段の日は仕事がないけど土日には働けるから、完全なルンペンじゃなくてハンペンなんだ」

佳世は笑いながら、

「清君って面白いこと考えるのね」

と縁側に腰掛けた。

「そうだ、ラジオ、どうした？」

「浮袋屋でばっちり稼ごうと思ったんだけど、当てが外れちゃったしなぁ……」

「じゃ、当分先になるわね」

「うん、だけど佳世ねぇちゃんにもらったお金もあるから、なんとかなるさ」

「ラジオがあれば高校野球も聴けたのに、残念ね。そういえば、清君、野球やるんでしょ？」

「やるっていったって、おれなんかのは三角ベース。本式の野球なんてできないよ」

「逗子開成のグランドに巨人が来たことあるんですって？」

「うん、女子プロ野球の紅梅キャラメルと試合したんだ」

「清君、チビッコ代打っていうの、やったんだってね。この前、お母さんから聞いたわ」

「ピッチャーがマウンドよりずうっと手前に来てね、下手投げで。だけど、あん時、おれ、三振しちゃった」

清は頭を掻いた。

「三振だって何だっていいじゃないの。プロ野球のピッチャー相手にしたんだもん、いい経験よ」

清は「そうかな」と言ったあと、母親の富江と佳世がいつ話をしたんだろうかと疑問に思った。

「ねぇちゃん、うちの母ちゃんとそんな話するの」

「うん、この頃、よくお喋りするわよ」

「へぇ、だって母ちゃん……」

おれには話をしちゃ駄目だって言ってたのに、清はそう言いかけて、やめた。

「ふうん、母ちゃん、ねぇちゃんとよく話するのか……」

清は、それなら、おれがこうしてねぇちゃんと話してても、母ちゃんに叱られることはないな、と胸をなで下ろした。

「今年は高校野球、どこが優勝するかなぁ。清君、どこを応援してる?」

清の家にはラジオがないから、高校野球と言われても、どこの高校が勝って、どこが負けたのか、まったく知らなかった。

「どこっていっても、別に好きなところなんて、ないや」

「私ね、平安高校と岐阜商業が最後まで残るんじゃないかと思う」

「ねぇちゃん、やけに詳しいんだね」

佳世は清をじっと見つめていたが、やがて、ゆっくり目を伏せた。

何で佳世ねぇちゃん、こんなに寂しそうな顔するんだろ、おれ、何かいけないこと言ったかな。

「私ね、弟がいたんだ」

「いた、って……」

「死んじゃったの、高二の時。暮れの、とても寒い日だったわ」

清はこういう場合に何と言って慰めたらいいのか、わからなかった。

「まだ十七だったのよ……」

「……」

「野球部に入ってたの。甲子園に行くのが弟の夢で、練習も熱心にやってたけど、甲子園どころかレギュラーにもなれずじまい。せめて、もう半年生きていてくれたら、甲子園は無理としてもレギュラーには、なれたでしょうに……」

清は黙って頷いた。

「それでもね、清君はさっきチビッコ代打で巨人の選手と対決した話をしてくれたけど、私の弟も公式戦でピンチランナーになったことあるんだ」

そう言って、佳世は空を見上げた。清もつられて空を見ると、青い空に白い入道雲がニョキニョキ湧き上がっていた。

「夕立くるかもしれないね、そうしたら涼しくなるのに……。都の準々決勝だったのよ。私ちょうど一塁側で応援してたんだけど、コーチが『リー、リー』って言ってね、弟ったら蟹の横這いみたいに出たわ。そしたらピッチャーが一塁に投げるじゃない、あれ何ていったっけ?」

「牽制《けんせい》」

「そうそう、牽制されちゃって、危なかった。私、思わず息をのんだわ。間一髪でセーフ」

佳世が両腕を左右に広げた。清は自分がピンチランナーで塁に出ているような気がしてきた。

「三度だったかな、牽制されたの」

「ピッチャー、焦《じ》れたでしょ」

「うん、弟がちょこまかするもんだから、苛立っていたのかもしれない。あのね、コーチが『ゴー』って言ったの。弟は二塁に駆けてったわ。ピッチャーは一塁に投げて、一塁手はすぐに二塁に投げたんだけど、弟より球のほうが速かったのよね」

清は「盗塁失敗か」と呟いた。

「それがね、審判、ほらアンパンヤが……」

「アンパンヤじゃないよ、アンパイヤだよ」

「そうか、アンパイヤか。さすがね、清君、英語が得意だけあるわ」

清は佳世に、いかさま和訳を見破られているような気がして俯《うつむ》いた。

「そのアンパイヤがね、二塁指差すの。隣で観戦してた人が私に何とか言って説明してくれたけど、あれ何だったのかしら」

「きっと、ピッチャーのボークだよ」

「私、何がなんだかよく分からなかったけど、とにかくアウトじゃないんだって思ったら、嬉しくって、二塁にいる弟に手を振りながら涙が出ちゃった」

「リードのとり方がうまかったから、ピッチャーのボークを誘ったんだね」

「清君ったら、解説者みたい」

二人は声をたてて笑った。清は佳世が明るい表情に戻ったのを見て、ほっとした。

「じゃあね、また来る」

立ち上がった佳世の顔色が悪いことに清は初めて気がついた。

「佳世ねぇちゃん、どこか具合悪いの。顔、蒼いよ」

「ちょっと疲れてるの。暑気あたり」

裏木戸を開ける佳世を、清は心配そうに見送った。


その日から五日して、高校野球の決勝戦があった。佳世の予想どおり、平安高校と岐阜商業の対戦となった。清はラジオの実況放送を聴きたくなって、村井の家に出かけた。

「おれもラジオ聴くつもりだったんだ、ちょうどよかった」

村井と清はトランジスタ・ラジオを持って、村井の家の裏の小高い丘に登った。遠くに江ノ島が霞んでいた。江ノ島の手前に鎌倉の海と町並みが見える。鎌倉と逗子の境に披露山《ひろうやま》が横たわっている。披露山の麓から清たちがいる小高い丘まで町が開けていて、町の左手に逗子湾がある。そしてその向こうに葉山の海が続く。

丘からは逗子の浜がよく見渡せた。渚は海水浴客でごった返し、沖にはヨットが浮かんでいた。モーターボートがヨットの間を縫うように白い波頭を立て、船外機の音が大きくなったり小さくなったりして、うねりのように聞こえた。

「おい、あれ、水上スキーじゃねぇか」

「ほんとだ。気持ちよさそうだな」

「あーあ、ひっくり返っちゃって。アップアップしてんじゃャン」

「そういえばよぉ、黒田助かってよかったよな。俺、黒田にしがみつかれた時は、もう、お陀仏《だぶつ》かと思った。あいつ、俺の腕をすげえ力で引っ張りやがって、それだけじゃねえんだ、山中だって泳げるくせに、俺の足つかんで離さねえんだぜ」

黒田が溺れた時のことが清の脳裏によみがえった。

「俺さ、あのことで親父から説教くらっちゃった」

「え、ほめられたんじゃないの」

「聞いてくれよ、親父『母さんから話を聞いた。事故にならなくて、よかった』って言うんだよ。それから『少しぐらい泳げるからといって、助けようなんて、大間違いだ。溺れた者は必死で、それこそ馬鹿力を出して、しがみついてくるからな。泳ぎが相当達者な者でも、うっかりすると助けようとして自分も溺れてしまうことがある。人を救助するなら、救助法を身につけてなくてはいかん』ってさ」

「そうか、全員死んじまったら、おしまいだもんな。あれっ、おじさん、大学で水泳の選手だって言ってたっけ？　何かスポーツやってたよな」

「ラグビーだよ」

「ああ、楕円型の球を蹴るやつか」

「サッカーとは違って蹴るだけじゃなくて、手で投げてもいいんだ。自分より前に投げちゃ駄目だけど」

「試合観たことある？」

「一度だけね。兄貴が大学に入ってさ、兄貴慶応だろ、親父は明治なんだ。それで秋に、親父と兄貴と俺の三人で東京に行った」

「東京？　どこ？」

「ええとね、何とかラグビー場、何だっけな。宮様の名前がついてたみたいだった。地下鉄に乗ってったんだぜ」

「慶應と明治がやったの？」

「そう、面白かった。親父は明治を応援するだろ、すげえんだ、ガアガア怒鳴って。俺、恥ずかしかったよ。兄貴は兄貴で、負けずに大声出してさ。だけど、兄貴はラグビーのルールとか詳しくないじゃん。慶應、慶應って学校の名前叫んでるだけ」

「いいね、親子でラグビー観に行けるなんて」

「うん」

嬉しそうに頷く村井を見て、清は羨ましかった。清が父親に連れていってもらったといえば、せいぜい釣りぐらいだ。

「試合が終わって帰る時……、グズラ」

「えっ」

清はすこし、ぼうっとしていたのだろう、村井に名前を呼ばれて我に返った。

「親父の友達が言うんだよ、『君のところは親が明治で、長男が慶應だろ。これで下の坊やが早稲田に入ったら、早慶明が勢揃いだね』ってさ。そしたら親父、俺の顔見て『これは勉強しないから、早稲田はどうかな』だって。俺、あの時から、早稲田に行ってやろうと心に決めたんだ」

村井の家は金持ちだけど、おれんちは貧乏だし、親父だっていない。おれなんか、大学どころか高校も行けるかどうか分からない。おれと村井とは住んでいる世界が違うんだ……。

「どうした？　グズラ」

「いいや、何でもない」

村井、おれたち、中学卒業したらきっと違う道を歩くようになるんだろうけど、せめて卒業までは仲よくしようぜ、清は心の中で村井に言った。

「そいでもよ、黒田の時のこと、叱られただけじゃなかった」

村井が思い出したように話しだした。

「無鉄砲はいけないけど、でも誰かがやらなくっちゃならないのなら、進んで自分でやれ、お前が助けに飛び込んだのは、その意味で認めてやるって」

おれは飛び込めなかった……。

「グズラのこと、ほめてたぜ。野呂君が助けを求めてくれなければ、開成の奴らも気がつかなかっただろうから、三人とも命がなかったかもしれん、野呂君の冷静さも見習え、そう親父が言ってた」

清は、おれは冷静だったんじゃない、臆病なだけだと思ったが、ほめられれば、やはり嬉しかった。

「おっ、そろそろ始まるぜ」

試合開始を告げるサイレンがラジオから聞こえてきた。

四

「みんな、こじゃんと黒うなっちゅうね」

坂本先生は生徒一人一人の顔を見回しながら言った。

「先生だって真っ黒じゃン」

「村井か、こっちへ来てみぃ。どっちが黒うなったか比べっこじゃ」

「先生、俺より黒田のほうが黒いよ」

「ほう、黒田はどっちが表か裏か分からんやね」

黒田は日焼けした顔をほころばせ、半袖のシャツを肩まで捲《まく》り上げて得意そうにみんなに見せた。

黒田は夏休み中に、村井の特訓でかなり泳げるようになっていた。清が浮袋屋で働いていると、たいてい浜には黒田の姿があった。黒田は村井や山中と一緒のこともあったし、一人のこともあった。清も何度か誘われて泳ぎに行き、黒田の上達ぶりには驚かされていた。

「大島はあんまり焼けちょらんな。泳ぎに行かんかったがか」

坂本先生は大島が病気でもしたと思ったのか、心配そうに尋ねた。大島は生っ白い顔をたてに振って、ケロリと言った。

「僕、夏休みの間、ずうっと別荘にいたんです」

「別荘!」

山中が素っ頓狂な声をあげた。

「大島君の家は、白馬に別荘持ってるんですって」

理恵子が、聞かれてもいないのに口を挟んだ。

「僕、そこで音楽聴いたり、本読んだりしてたから……」

女生徒の「別荘なんて、いいわね」「羨ましい」「涼しくって、最高じゃない」という声がした。

「先生、村井君のところだって、軽井沢に別荘があります」

「南、よせよ。あれ、親父の会社のだし、それに別荘じゃなくて小屋みたいなもんなんだ」

教室の中はしんと静まり、何となく気まずい雰囲気になった。

「先生、土佐はどうでしたか」

清の言葉に、坂本先生は救われたような顔で口を開いた。

「土佐か、土佐の夏はまっこと、暑いぜよ。……特に今年は暑かった」

坂本先生は何故か顔を赤らめた。

「先生、熱でもあるんじゃないですか、顔が赤いです」

坂本先生は「赤くなんかないちゃ」と言いながらも、照れて両手で顔を叩いた。


北見先生の英語の授業のやり方は、二学期になっても相変わらずだった。少なくとも、清の目には、授業は大島や高田、理恵子の三人を中心にして進められているように見えた。清は依然として、机の上にテキストも出さず、頑《かたく》なに授業を無視していた。そして北見先生のほうでも清のことなど眼中にないという態度をとった。

清は「こうやっておれだけ、他のことをやっているのも辛いもんだ」と時折思うこともあったが、そうかといって、いまさらみんなと一緒に授業を受ける気にはなれなかった。一学期は詩集を読んで時間をつぶしたが、二学期は小説を読むことにした。詩にも少々飽きてきたのと、ずっと下を向いて読むには詩より小説のほうが向いていると思ったからだ。平然を装ってはいるが、何かの拍子に北見先生と目が合ったりすると、やはりバツが悪かった。

清たちの間では、理恵子、大島、高田の三人を「塾っ子トリオ」と呼んでいた。名付け親は文子だ。

二学期に入って間もなく、帰りがけに理恵子が文子を呼びとめた。

「明日、あなた掃除当番だったわね。今日と替わってくれない」

文子はすぐさま「イヤよ」と断わった。

「いいじゃない、替わってくれたって。どうせ、あなたなんて毎日、閑《ひま》なんでしょ」

「絶対にイヤ！　順番は順番だもん」

「だから、替わってってお願いしてるんじゃない」

「それがお願いする態度ですかっていうのよ。何さ、その高飛車な言い方。少しぐらい成績がいいからって、威張らないでよ」

「用事があるから替わってもらおうとしてるのに、頭の悪い人はこれだから困るわね」

「ちょっと、あんたなんて根なしの流れ者じゃないの」

そう言ったとたん、文子はしまった、という顔をした。自分が言い過ぎたことに気がついた様子だった。

理恵子は東京生まれだが、父親が銀行勤めで転勤が多いため、函館をふり出しに神戸、横浜、金沢と各地を転々として、逗子に引越してきたのは小学校五年のことだった。

流れ者と言われて、理恵子は気色《けしき》ばんだ。

「流れ者って、どういうこと。はっきり言ってよ」

理恵子は文子を睨みつけた。たったいま後悔していた文子も居直ったように睨み返した。二人の間に、険悪な空気が流れた。南が仲裁に入るそぶりをみせたが、文子に荷担したい気持ちもあって、タイミングを失ったようだった。

清は、女のイザコザに男が口を出すことはない、と思った。村井も同じ考えらしく、黙って成り行きを見守っている。村井と清が素知らぬ顔をしていたからか、黒田も山中も内心はやきもきしているくせに、知らんぷりを決め込んでいた。

「流れ者を流れ者と言って、どこが悪いの」

「失礼な人ね、あなたって。デリカシーってものがないのかしら。もっとも、八百屋の娘にデリカシーなんて必要ないものね」

清は、当番を替わってやらない文子も文子だが、それより、どうして理恵子がそのぐらいのことで熱《いき》り立つのか、気が知れなかった。

「そうよ、私は馬鹿な、八百屋の娘よ。それでけっこう。あんたのとこみたいに塾行くお金もないけど、塾に行ったところで馬鹿が急に利口になるわけないから、お金をドブに捨てるようなもんだし。第一、私は誰かさんと違って、コソコソ勉強してまでいい成績とりたくないもん」

「何だよ、その言い方は。塾に行こうがどうしようが、勝手だろ」

近くで見ていた高田が文子の肩を小突いた。

「おい、手塚、木村に謝れ」

「ほんと、ちゃんと手をついて謝ってちょうだい」

理恵子と高田が文子に迫った。

「高田、てめぇ、でしゃばるな」

見かねたように村井が高田の前に立ちはだかった。

「女同士の喧嘩だぜ、男が出る幕じゃねえや、引っ込んでろよ」

「フン、君こそ恰好つけるなよな。だいたい村井は生意気だよ。この前、北見先生も言ってたぞ、村井にも困ったもんだって。君みたいなのがいるから、北見先生に、C組はまとまりが悪いって言われるんだ」

「よう、高田、お前、先公を味方につけなきゃ、俺にものを言えねえのか。だらしねえ奴だな」

「事実だから、しょうがないだろ」

清は、日頃おとなしい高田が、村井に向かってこんなことを言うとは驚きだった。しかし、それもバックに尺とり虫がいるせいだと思えば納得できた。

「てめぇ、やるか。表に出ろよ」

「……」

「おい、村井。もういいだろ、よせよ」

清はたまりかねて止めに入った。村井は清の手を振りほどいたが、思い直したように、

「やめようぜ、たかが掃除当番のことだもんな」

と高田に言うと、自分の席に戻ろうとした。高田のような者を相手にしたことを恥じている様子だった。

「なんだ、威勢はいいけど口だけじゃないか。不動産屋の息子だけあって、口先だけは達者ってわけか。何しろセンミツ屋っていうもんな」

今度は大島が割り込んできた。村井は大島の胸ぐらをつかんで、「てめえ」と言った。

「もう、みんな、いい加減にして！　だいたい、親がどんな商売してたって関係ないでしょ。それに私ね……」

文子は言葉を切ると深く息を吐いた。

「本当は、当番を替わるのはイヤじゃないんだ。でもね、人にものを頼むからには、いくらクラスメートだからっていっても、頼み方があるんじゃないかな。それが礼儀でしょ。そりゃあ、普段から親しくしている友達なら、すこしぐらい無理を頼まれたって聞いてあげるけど。私、木村さんとは一度も一緒に遊んだことないし、話だってろくすっぽしたことないのよ。私の言ってること、おかしい？」

「……」

文子は理恵子のほうに向き直ると、どうなの、というように首を傾げた。

「おかしくったって、いい。私は、こういうことを大切にしたいの。木村さんがさっき、もっと丁寧に言ってくれたら、それで、当番を替わってほしい理由をちゃんと話してくれてたら、私、気持ちよく替わってあげた」

「私……」

理恵子が何かを言いかけたが、言葉にならなかった。

「でも、いいわ。木村さん、私、当番替わってあげる。本当のこと言うとね、あなたが今日、早く帰りたい理由《わけ》知っているのよ。北見先生の塾で学力テストがあるんでしょ。あなた、今日が掃除当番だってこと忘れてたのね、きっと。だから、放課後になってあわてて私に頼みに来たのよ、違う?」

図星だったとみえて、理恵子が項垂《うなだ》れた。

大島と高田も互いに顔を見合わせた。

「私としては、そんなことで当番を替わるのがイヤだったの。言っておくけど、私、塾に行くこと自体は悪いことだなんて思ってないわ。私だって、勉強が好きなら塾に行くかもしれないし。……実を言うと、最初にあなたたちが北見先生の塾に行ってるって聞いた時には、すごく反感を持ったの。だけど考えてみれば、私だって小学校の時はソロバンやお習字行ってたし」

「そうよね、私もソロバン塾行ってた」

南が頷いた。

「変わらないじゃない、ソロバンもお習字も、英語の塾と。行きたい人は行けばいいんだわ。勉強が好きな人が行ってもいいし、勉強が遅れてる人が行ってもいい。いい成績とって一流高校に入りたいって人もいるでしょう、みんながそれぞれの考えで行くのは自由よ」

「私、いい成績とりたくて北見先生の塾に行ってるんじゃないわ」

「そんなのは、どっちだっていいの。木村さん、そんなことより、私、あなたに言っておきたいことがあるんだ。塾に行くのは勝手だけど、やらなくてはいけないことは、ちゃんと済ませてから行くべきじゃないかしら」

理恵子は唇を噛みしめた。

「だって、掃除の当番はクラスのみんなで決めたことでしょ。私だったら、当番と塾が重なっちゃったら、当番をとるわ。私は塾をとるような女になりたくない」

文子は言い終わると、口をきっと結んだ。

清は衝撃を受けていた。いつもオテンバで剽軽《ひょうきん》な文子が、こんなにしっかり自分の考えを持ち、しかもそれを堂々と人前で話せるなんて考えてもみなかった。それにひきかえ、おれはどうだ。自分より文子がずっと大人っぽく見えてきた。

「分かったわ……私、掃除当番して行く」

「いいわよ、言いたいこと全部言っちゃったら、すっきりしたし、私替わってあげる」

理恵子は、ううん、と首を横に振った。

「ね、アヤ、木村さん、じゃあ、こうしない？　今日は木村さんが当番をしても、アヤが当番をしても、後で嫌な思いが残ると思うの」

南が理恵子と文子の顔を見比べるようにして言った。

「だから、今日、私が替わるわ。その代わり、私の当番の日に木村さんとアヤが一緒にやって？　どうかしら」

南らしいと思った。ただ、清から見るとちょっと出しゃばりすぎのような気がしないでもなかった。

「手塚、南の言うとおりにしろよ」

「木村さん、そうしてもらえよ」

「それがいいよ」

二人もようやく「うん」と頷いた。

「よかった。それじゃあ、仲直りのしるしに二人で握手して」

清は「いいよ、そんなこと」と南を止めた。南、いくら何でもやりすぎだよ。

「あら、どうして？」

「いいんだよ、さあ、お終《しま》い、お終い。ほら、南。お前、当番替わったんだろ、早く掃除始めろよ。三班の奴ら、掃除が出来なくて困ってんだろ」

五人ほどの生徒が、バケツや雑巾、モップなどを手にして、教室の後ろに立っていた。

「俺たち、徳屋に行ってるからな、終わったら来いよ」

村井は南にそう言うと、「掃除のじゃまになるから早く帰ろうぜ」と清たちを促《うなが》した。

「おばはん、また来たでェ。支那そば五つな。おばはんの心掛け次第では、後からもう一つ追加せんこともないから、盛りを多くしたってや」

「五つかい、六つかい、はっきりしとくれ」

「五つ。後で一つ追加」

村井がぴしゃりと言った。

「私、おみくじやってみようっと……」

文子が、テーブルの上にある灰皿を引き寄せ十円を入れた。小さな丸い筒状のおみくじが一つ灰皿からコロンと飛び出した。

「わぁ、大吉！」

「ホンマかいな。愛情運はどない書いてあんねン」

「えぇとね……いいわよ、なかなか。いい人が目の前に現れるって」

「そのおみくじ、当たっとるワ。いい人いうのは僕のことやで」

「バーカ」

山中が黒田の額を指で弾《はじ》いた。

「せやけど、今日は僕、手塚のこと見直したわ。ええなぁ、手塚みたいな子ォ。冗談で言うとるんと違う、僕は本気やで、本気で好いとるんや……好っきやでェ」

「ヤダ、気持ち悪いわね」

徳屋の松子も一緒になって、大笑いだ。

「おい、手塚」

「何、村井君」

文子は笑い涙を指で拭きながら返事をした。

「お前、今日が尺とりのところのテストだって、何で知ってたんだ」

「あ、そのこと。私は何でもお見通しなの、透視術でチョチョイのチョイよ、なんてね。嘘よ、本当はね、A組の岡君に聞いたの。岡君、知ってる?」

村井が頷いた。清は、あの公家みたいな顔の奴か、と思った。

「岡君、家が近所で、小さい頃からよく知ってるのよね。そしたら、今朝たまたま学校行く時に一緒になってさ、北見先生の塾、学期の始めに学力テストするって聞いたの」

「岡と一緒やったんか。強敵現わる、うかうかしておれんなァ、僕も」

「しかし、今日の手塚はさすがだよ。能ある何とかは爪かくす、だな」

「あら、山中君。それ、ほめてるの、けなしてるの。それじゃ、いつもは私、てんで馬鹿だってことじゃない」

清はみんながガヤガヤ喋っているのをよそに、一人考え込んでいた。さっき、学校で文子が口にした、ソロバン塾も学習塾も同じだ、という言葉が引っかかっていた。

英語だって習字だってソロバンだって、たしかに手塚の言ってたとおり塾には変わりない。だけど、それじゃあ、おれが尺とり虫に反発して英語の授業中に小説を読んだり、答案を白紙で出したりするのは、どうしてなんだ。村井の家でテレビ観た後、みんなに「あいつら汚ねぇんだよな」って言ったけど、何が汚くて何が許せなかったんだろうか……それに、塾に行きたい奴だけ行ったらいいって言ってたけど、そりゃあ、そうかもしれない。でも、誰でも行きたかったら、塾に行けるんだろうか……。

「清、母ちゃんだって、お金があったらお前の望みどおり剣道習わせてやりたいよ。だけど、分かっておくれよ、父ちゃんが病気でお金かかるだろ、いま家にはそれだけの余裕がないんだよ」

小学校三年生の時だった。剣道をやりたいと言って頼み込む清に、富江は寂しげな沈んだ声で、そう言った。

あの時、おれも悲しかったけど、母ちゃんも泣きそうな顔してたっけ。

そうだ、塾だって、誰でも自由に行けばいいって言うけど、金がなくちゃ行けない。おれんとこみたいに、母ちゃん一人で稼いでいる家の子供は、塾なんか行っちゃいけないんだ。学校で先生が教えてくれることだけ勉強してればそれでいいんだ。だいたい、塾に行ったからっていって、塾に行った者が成績がよくて、学校で教えてくれることだけやってた者が成績が悪いなんていうのは、おかしいじゃないか。……そうか、それなら、何故、お前は英語をやろうとしないんだ？　……おれは塾に行く金がないから、塾に行けないから、だから反発してるわけじゃない。じゃあ、何だ……？

「グズラ、どうしたんだよ」

村井が清の目の前で掌を左右に振った。

「あーあ、塾か……」

「えっ、塾？」

英語の試験でダルマを描いた村井だったら、今のこの心境を理解してくれるかもしれない、と清は思った。だが、村井は所詮、金持ちの子供だから、清のような貧乏人の子の気持ちは分からないだろうという気もした。

「何でもない。南、遅いね」

「心配しなくたって、もうすぐ来るよ。それとも学校まで、迎えに行くか」

「グズラ、寂しいんとちゃうか」

山中と黒田がはやしたてる。

「そんなんじゃないよ」

清は口ごもりながら答えた。清は南に言ってやりたかった。手塚が自分なりの考えを木村に話したことは、光ってた。おれも感動した。それを何だ、出しゃばって、偉そうに「私が当番替わる」なんて言いやがって。あん時は木村と手塚の二人で納得するまで話し合って、それで一つの結論を出させりゃよかったんだ。話がまとまらなかったら、その時に南が出てけばいいじゃないか……。

そうは思いながらも、心の片隅に、南のとった行動を認めてやりたい気持もあった。

「本当にどうしたんだよ。また黙《だんま》りか」

村井が腕組みをして清を心配そうに見た時、

「ごめん、ごめん待たせちゃって」

南が息を弾ませて、徳屋に入ってきた。

「アヤ、さっき、ごめんね。生意気言って」

「何のこと」

「関係ないのに、しゃしゃり出ちゃって……。怒ってない?」

「とんでもない。私、南が間に入ってくれて、内心ほっとしたんだ」

「そう、それなら、よかった」

「あーあ、美しい女の友情! 見習いたいよ」

山中の一言でみんなが笑った。

「この二人、ひょっとしてSなんじゃねえか」

「村井君、Sって何のことよ」

「お前たち、Sも知らねえの。卍《まんじ》だよ卍」

「よけい分からない」

「女と女がアレすることや」

「アレって?」

「そこまで教えたらなアカンのか。女と女やったら……」

黒田はに握り拳《こぶし》の人差し指と中指の間から親指をぐっと出しながら、

「こんなこと出来るわけないやろ?　せやから、いろいろと工夫して……」

南と文子は顔を見合わせた。

「うーん、ほんまにこれはSかもしれんなァ」

南と文子が声を揃えて「バーカ」と言った。

「ほら、南、支那そば来たぞ。早く食わねえとのびちまうぞ」

「うん。ねえ、清君。私、また残しちゃいそうだから、先に半分取ってよ」

「グズラ、食ったれ、食ったれ。男と女が仲ようしてくれたほうが、健全でええワイ。女同士なんて、気色悪うてかなわん」

清がみんなから集めたそば代を払って徳屋を出ると、村井が言った。

「おい、グズラ。見ろよ、あれ、お前んちの裏のパン助じゃねえか」

駅のほうから、佳世が黒人の男と腕を組みながら歩いてきた。佳世は清を見つけると男に何か言い、男がニッッと笑った。真っ黒い顔に、異様なほど歯が皓《しろ》かった。清は男の顔に見覚えがあった。たしか、この男がおはようだ。

「清君、お友達と一緒なの、いいわね」

「うん。同じクラスの連中」

「私、佳世っていうの。みんな、よろしくね」

佳世は「この人はカヨコって呼ぶけどね」と男の顔を見上げた。

男は片言の日本語で「オハヨウ、ヨロシク」と言ってちょっと頭を下げ、また皓い歯を見せてニッと笑った。

「おはようじゃないよ、こんにちは、だよ」

村井が言うとジェームスは「オハヨウ、コンニチハ」と言い直した。

「おはようは、いらないの。こんにちはだけでいいんだったら」

「いいのよ、この人〈おはようジェームス〉っていうんだから」

佳世に言われて、村井はなんだかわけが分からないという顔をして「どっちでもいいや」と呟いた。

「清君、夕方、ちょっと寄るわね」

佳世は「じゃ、みんな、またね」と軽く手を上げて、ジェームスと徳屋に入っていった。二人が入るとすぐに、店の中から、松子が怒鳴り散らす声が聞こえてきた。清たちはびっくりして足を止めた。

佳世とジェームスが店から出てきた。佳世は悲しげな顔をして、清を見た。

「佳世ねぇちゃん、どうしたの、徳屋のデブブタに何か言われたの」

「ううん、何でもない」

佳世は強く頭《かぶり》を振ると、ジェームスの手をとって、「ハバ《はやく》、ハバ《はやく》」と言い、二人で駅のほうに足早に引き返していった。村井も後を追いかけてきた。

清が徳屋に入った。

「何かあったの」

村井が松子に聞いた

「あったどころの話じゃないよ」

「だから、どうしたのさ」

「冗談じゃないよ。フン、徳屋《うち》にはね、パンパンやクロンボに食べさせるようなものはないんだ。あんなのに入ってこられたんじゃ、たまらないよ」

あんたァ、塩でも撒いておくれ、と松子は店の奥に向ってがなりたてた。

「おばさん、何言ってんだよ。佳世ねぇちゃん、この前だってきたじゃン、ほら、おれと一緒だった時……」

「ああ、あん時ね。後で全部消毒したよ」

「なんで、そんなこと言うんだよ。佳世ねぇちゃんが伝染病だとでも言うのか」

清は松子にくってかかった。

「パンパンなんて、みんな病気持ちさ。あいつらのね、足の付け根は腐ってて、膿でぐじゅぐじゅしてるんだ。あんたも、あんな女と話したりすると、そのうち鼻がぽろりと落ちちまうよ」

清は思わず自分の鼻を手で触った。まさか佳世がそんな病気にかかっているはずはないと思ったが、病気持ちと言われて、佳世の蒼白い顔が目に浮かんだ。

「じゃあ、おばさんは足の付け根がぐじゅぐじゅになってんのを、見たことあんのかよ」

村井が怒ったように言った。

「おお、いやだ。そんなもの見たら目がつぶれちゃうよ。見たことないに決まってるじゃないか。気持ち悪いことを言う子だね」

「見たことないなら、ぐじゅぐじゅかどうか、分かんねえじゃンか」

「見なくたって、そうに決まってるよ。だいたいね、毛唐とひっついてるような女なんて穢《けが》らわしいったらないよ」

村井は清のほうを向くと、

「おい、腐ってんだとさ」

と自分の頭を人差し指でトントンと叩き、松子を横目で睨んだ。清はおかしくなって、吹き出した。

「毛唐なんか大嫌いさ、それも、よりにもよってクロンボだなんて、見るだけでも薄気味悪い」

あんたたち、と松子は山中や黒田と様子を見に来た南と文子に強い調子で言った。

「いいかい、気をつけるんだよ。子供だからって安心しちゃ駄目だからね。クロンボに乱暴されたら、大事《おおごと》だよ。肌の真っ黒な赤ん坊でも生まれたら、どうするんだい。一生、真っ暗、真っ黒けだ」

「おばさん……。おばさんの言いたいことは分かるんだけど、でも、どこか間違ってるような気もするの。ね、アヤはどう思う?」

「うん……」

「間違ってるのは、あんたたちのほうさ。そんな考えでいたら、いまに取り返しのつかないことになるよ」

「だからって、何で佳世ねぇちゃんとジェームスのこと、店から追い出したんだよ。同じお客だろ」

清は佳世とジェームスの気持ちを考えると、黙っていられなかった。

「店にだって、客を選ぶ権利があるんだ。うちの店で誰に食べさせようと、私の勝手じゃないか。それじゃ、何かい、あんたはあのクロンボの肩をもつんだね。それなら、とっとと出てっておくれ。クロンボの仲間になんて出入りしてほしくないんだ、みんなも金輪際店に来ないでおくれ」

「そない大きな声で怒鳴らんかて、聞こえるよ」

「そうよ、通りを歩いてる人がびっくりしちゃうから」

松子は子供相手に興奮して大人げないと思ったのか、肩で大きく息をついた。

「あんたたちは何も知らないんだ。無理もないけどね、まあ、お座りよ」

松子はコップに水を注いで一気に飲み干すと、自分も椅子を引いて腰かけた。

「私はね、戦争で亭主と兄さん二人を亡くしたんだ。そのうえ、戦災でたった一人の息子も死んだ。毛唐に殺されたんだよ。あんたたちにこの悔しさが分かるかい」

「……」

「戦争が終わってからだって、悲惨なもんだった。あんたたちは小さかったから、覚えてないだろうけど……。こう見えても私んところは、戦前は横浜で手広く商売をしてたんだ。だけど亭主が戦争にとられて、死んじまって、何もかもメチャクチャさ。そのあと再婚していまの亭主と二人、こうしてどうにか小さくても店を持てたけど、それだって、どんなに大変だったか……それこそ、口では言えないほどの苦労をしたよ。あの戦争さえなけりゃ、こんなことにはならなかったんだ。私は毛唐が憎くて、憎くて仕方がないのさ。毛唐を憎んでるのは私だけじゃないよ。終戦後すぐに横須賀に米兵が来たんだけど、ずいぶん、ひどいことがあった。若い女がたくさん、毛唐に乱暴されてね、自殺した者だって何人いるか分からない。私の知ってる娘も、結婚相手だって決まってたのに全部おじゃんさ。可哀想に、いまだに独り身だよ」

　松子は目頭を押え、前掛けのポケットからチリ紙を出すと洟《はな》をチンとかんだ。

「だからね、私は一生、毛唐がやったことを忘れられないんだ。あんたたちも、毛唐に絶対に気を許しちゃいけないよ。日本人がどれほど苦しめられたか、肝に銘じておくんだよ。それでなきゃ、死んだ者が浮かばれないだろ」

　訴えるように、松子がみんなの顔を見回した。誰もが、松子と目を合わせるのを恐れるように、目を伏せた。

　清は死んだ父親のことを思い出していた。父、有一は、海軍で巡洋艦に乗っていて九死に一生を得た男だった。「俺は運がよかったんだ。たくさんの戦友が次々死んでいった……。戦争なんて、やるもんじゃない。戦争やっても、いいことなんか何一つないよ。俺は、もうこりごりだ。だけど、日本のほうが悪かったんだから、誰にも文句は言えないな。太平洋戦争は日本が仕掛けたんだ。何のかんの言っても、最初に仕掛けたほうが結局は悪いよな。戦争で日本は大きな被害を受けたけど、自分が播《ま》いた種なんだ……」

有一は病床でこう語った。

「おばさん……」

「何だい」

「おばさんの話はよくわかったけど、でも、死んだ父ちゃんが、戦争を仕掛けたのは日本だって言ってたよ。だったら、日本にだって責任があるんじゃないのかな」

清の思いがけない反撃に、松子は目をパチクリさせた。

「そうよ。真珠湾攻撃の時の魚雷あるでしょ、あれを開発したのは幼なじみのお父さんなのよ。幼なじみの子がよく言ってたわ、僕の親父は真珠湾攻撃の主役だったって」

「この前『丸』に真珠湾攻撃の記事が載ってたなあ」

「まるってなぁに」と文子は村井に尋ねた。

「戦争のことを書いた雑誌の名前だよ。それにさ、その魚雷のこと書いてあった。たしか、発明したのは鹿児島の人だったと思ったけど、その人、いまは逗子にいるのか」

「うん、いるわよ。清君ちの近く。池田通りよ」

「へぇ、グズラ、じゃ。お前もそこんちの子供と遊んだことあんの?」

「ああ。そいつ、中学は私立にいったんだ」

「普通の魚雷とどこがちゃうねん」

「うん、真珠湾って浅いんだってさ。だから普通の魚雷だと、飛行機から落とすと海底に潜ったままになっちゃうんだ。浮力をつけるために、工夫したんだって」

「あんた、ばかに詳しいね」

松子は村井のことを、ちょっとびっくりした目で見た。

「おばさん。おばさんは毛唐、毛唐っていうけどさ、日本はドイツやイタリアと組んで戦争したんだぜ。おばさんのいう毛唐って、どこの国の人のこと」

「えっ毛唐は毛唐だよ……」

「だから、どこの国?」

清の問いかけに、松子は少し考えて、

「そりゃ、アメ公だよ。ヤンキーだよ」

と答えた。それを聞いて、南は嬉しそうに言った。

「クロンボのヤンキーなんて聞いたことないわ。だったら、ジェームスは、おばさんの嫌いな人たちには入らないわけね」

清たちはヤンキーと言えば白人のアメリカ人のことだと思っていた。

「ふん、こまっしゃくれたこと言うじゃないか。生意気な子たちだね」

「そうよ、生《なま》で生《い》きてるもん、私たち」

文子が、瞳を左右にキョロキョロさせて、おどけると、山中も、

「生きがよくて、ピンピンしてらぁ」

と立ち上がって飛び跳ねた。

「あんたたち、大人を揶揄《からか》うつもりかい」

「違うよ。俺の親父が言ってたけど、日本を占領したのがアメリカでよかった、ソ連だったら日本はどうなっていたか分からないって。ソ連は日本の負けが決まってから、戦争に加わったんだってさ」

松子は村井が言うことを、腕組みして聴いていた。

「そうかもしれないね。あんたのお父さんが言うとおり、この国をロシアが治めるようになってたら大変だったかもしれない。そう考えると、背筋が寒くなるよ……ロシアは恐ろしいからね」

しばらくして、松子が言った。清は、何故ロシアが恐ろしいのか分からなかったが、へぇ、そうなのか、と軽く頷いた。

「マツ、お前の負けだよ」

いつの間にか、徳屋の主人が奥の厨房から出て来て、松子と清たちのやりとりを聞いていた。

「いやね、俺はそんなふうに考えてねえんだけど、こいつが毛唐嫌いでね……まあ、無理もないやね、戦前はいい生活してたのに、戦争で、店は傾くわ、何人も身内を亡くすわで、身ひとつになっちまったからね。だけどね、俺はいつも、こいつに言ってんだ。

辛いこと悲しいことがあったからったって、そいつをいつまでも胸の中に大事に抱えてたんじゃ、不幸は居心地がいいから、手前《てめえ》にしがみついて離れねえぞってね……。忘れようったって、忘れることが出来ねえこともあらぁ。でも、努力して忘れられるもんなら、なるべくいやなことは忘れちまったほうがいいんだ。暗い過去をずるずる引きずっちゃいけねえよ。な、マツ、そうだろ」

「……」

「昔のことにこだわり続けるより、いまを大事にすること、いま、こうして生きてるってことに懸命になるほうが、よっぽど気が利いてら。悪いことの後にゃ、いいことがあるって言うじゃねえか。いい加減でお前も、きれいサッパリ昔のことは水に流せよ。クロンボだろうが、誰だろうが、この人たちの言うとおり、この店に来てくれる人はみんなお客さんだよ。考えてみりゃ、ありがてえじゃねえか、おれとお前のよ、この徳屋がいいって、好きだっていって来て下さってるんだ。お客さんあっての徳屋なんだぜ……。俺たち夫婦には子供がいねぇんだから、この徳屋を自分の子供だと思ってよ、みなさんに可愛がってもらおうじゃねえか、マツ」

「あんた……」

松子は何度も頷いた。涙ぐんでいるようだった。

「おい、みんな行こうぜ」

「まいど。また来ておくれよ」

あのクロンボにも、来るように言っといておくれ、と松子は恥ずかしそうに、口早に言った。

五

清は家に帰ると、卓袱台《ちゃぶだい》に紙の将棋盤を広げ、四隅に「歩」を置いて、一人で回り将棋を始めた。金将四枚を振り駒にして、金将の表が出れば一、横に立ったら五、縦に立ったら十、逆立ちしたら百、それぞれ駒を進める。一巡して振り出しに戻ると、「香車」「桂馬」と位が上がる。早く「王将」になったほうが勝ちだ。

仲間内では、このルールを原則《もと》にして、その他独自の約束事をつける。清が村井たちと遊ぶ時は、振り駒して四枚とも金将の表が出ると一階級、四枚とも裏が出ると二階級特進だ。駒が重なり合ったら「クソ」と言って、その数だけ後戻りし、盤の外に駒が落ちると「ションベン」で一回休み。振り駒で全部裏が出ても、盤の外に駒が一つ出て、さらに残りの駒と駒が重なっていたりすると「クソションベン」になるから、二階級特進どころか反対に二階級降格、その上一回休みになる。これで、もう一枚が逆立ちでもしてようものなら、目も当てられない。

「クソ」「ションベン」ルールの他にも村井と清はいくつかルールを決めた。自分の駒が四つある隅のうちの一つでちょうど止まれば位が一つ上がる。また、後から来た駒に追い越されると一つ内側のマスに閉じ込められ、次の駒が通過するまで動けない、というものだ。

清一人で二人分の駒を動かすのは、面倒だし、時には敵味方がごっちゃになって、間違えて駒を進めてしまうこともあるが、慣れれば一人二役の回り将棋でもけっこう楽しめた。

清は回り将棋をしながら、さっきの徳屋での出来事を思い出していた。

「戦争か……。戦争っていったって、何も覚えちゃいないな」

清は戦時中に生まれたとはいえ、物心ついた時にはすでに戦争は終わっており、戦争についての記憶はないに等しかった。空襲警報が鳴ると、母の富江の背におぶさって山の根や久木の防空壕に行ったような気もするが、それも後のち人から聞いたことを幼い頃の記憶として組み入れただけかもしれない。

小学校に行くようになって間もない頃、通学の途中で清は生まれて初めてアメリカ人を見た。大きな図体《ずうたい》をした赤鬼のような男たちを目にした時の驚愕を清は今でも忘れていない。京浜急行の逗子駅あたりで声をかけられ、恐くなって逃げ出したのだった。だが、米兵が清たちに危害を加えたことはなく、恐怖心はいつの間にかなくなった。

小学校の朝礼に、横須賀から米軍の偉い人が、大勢の水兵を引き連れてきたことがあった。

「おれが自転車に乗れるようになったのも、あいつらのおかげだもんな」

清たちは五、六人ずつのグループに分けられ、水兵から自転車の乗り方を教わった。水兵に自転車の荷台を支えてもらい、ハンドルを握ってゆっくりペダルを踏む。数メートル進んでちょっと振り向くと、荷台を押さえてくれていると思った水兵の姿がない。

「あの時はあせった。おれ、水兵さんが後ろにいないと分かると、すぐに倒れちゃって。だけど、あれでおれ、自転車に乗れるようになったんだ」

だが、清にとって一番印象に残っているのは、何といっても「ギブミー　チョコレート」「ギブミー　チューインガム」だった。当時から度胸のよかった村井を先頭に、「ギブミー　チョコレート」「ギブミー　チューインガム」とヤンキーの後を従《つ》いて行った。どういうわけか、村井ばかりもらえて、村井は得意になっていたものだった。

「清君、勉強してるの」

佳世の声で清は我に返った。

「あ、佳世ねぇちゃん。おはようは？」

「ジェームス、あの後、横須賀に行ったわ」

「あのね、徳屋が、おはようにも佳世ねぇちゃんにも、また来てくれってさ」

「えっ？」

「おいしい支那そば食わせるからって」

「へぇ、どうして」

「どうしても。それより、おはよう、デブブタのこと怒ってただろ」

「誰のこと、デブブタって」

「徳屋の婆さんだよ」

「あの人、デブブタっていうの。フフッ、口が悪いわね。だけど、私だってヤギみたいな顔してるし、清君も猿みたいな顔することあるじゃない。みんな、いろいろな動物に似てるのよ。だからさ、やたらに言わないほうがいいわよ」

「チェッ、猿か……」

「ほらね、あんまり、いい気持ちしないでしょ」

「おはよう怒ってなかった?」

「ううん、あの人ね、箸が上手に使えないから、今度来る時までにもっと練習してきて、おそば食べようだって。ちっとも怒ってなんかいないわよ」

怒っていないはずがなかった。それにしても、佳世がジェームスとそれだけ込み入った会話ができるとは驚きだった。

「あら、将棋やってたの。でも、この将棋、ちょっと変ね。駒、これしか使わないの」

「本将棋じゃないもん。回り将棋だよ」

「面白そうじゃない。私にも出来るかな、教えてくれる？」

「いいよ。簡単だからすぐに覚えるよ」

清は佳世にルールを教えた。佳世はけっこう上手に振り駒をした。ただ、清が「クソ」「ションベン」としょっちゅう言うのには閉口したらしく、「それ何とかならない」と眉をひそめたが、その都度、清がこの言葉もルールのうちと言い続けていたら、しだいに佳世も平気でクソ、ションベンと口にするようになっていた。

「一勝一敗か。佳世ねぇちゃん、もう一回やって勝負つけようよ」

「いいわよ」

駒が飛車になったのは佳世のほうが先だったが、王将には清が早くなって、勝負が決まった。

「やっぱり、清君強いわ。私の先生だからしょうがないわね。将棋も先生だし、英語も先生だもの」

おだてられて、清は内心ヒヤッとした。

「だけどさ、佳世ねぇちゃん、本当は英語出来るんじゃないの。さっきだって、おはようの箸の話なんて、よく分かったじゃないか」

「ああ、あれ。だって、人間同士だからお互いに分かり合おうと思えば、身振り手振りで何とかなるものよ。それにさ、私、英語の読み書きはからっきし駄目だけど、話すほうは片言で適当にね」

「そうかな……」

「文法なんて、めちゃくちゃよ。たとえばね、清君、私は横須賀に行きますって英語で何て言う？」

清はたちまち顔が真っ赤になった。

「えーと……」

咄嗟のことで英語が出てこない。もっとも、清は簡単な単語ぐらいしか知らないのだから、咄嗟も何も、いくら考えたところで、答えられるわけがなかった。

「うーん、I……, I go……」

「そうそう、I go to Yokosuka でしょ、だけど、I am Yokosuka go なの、これでいいのよ」

佳世はおかしそうに、ケラケラ笑った。清もつられて「面白いね」と笑ったものの、I am Yokosuka go のどこが悪いのか、皆目見当もつかなかった。

そして、佳世たちが話すこうした英語が世間ではパングリッシュと呼ばれていることも清は知らなかった。

「それにね……、でも、こんなこと教えたらおばさんに叱られちゃうかな」

「大丈夫だよ、何の話？」

「そうね、どうしようかな」

「いいじゃんか、何だよ」

「うん、Come on って、よく言うでしょ。来いっていう意味よね。それが、私たちの間では抱いてっていうことなの。私の身体の上に乗って、ってことかな」

清は、佳世が抱いてとか身体の上に乗ってなどと言うものだから、恥ずかしくなって、照れかくしに指の関節を押してポキポキ鳴らしてそっぽを向いた。

「ハハハ、清君にはまだちょっと早かったかな……」

佳世は屈託がなかった。

「こういうのスラングって言うんだけど」

「スラング？」

「そうね、何て言うかな、隠語……特定の仲間の間にだけ通用する身内の言葉よ。いま日本に来ているアメリカ兵なんかもね、正しい英語しゃべれる人、意外と少ないのよ。みんなスラングが多くてね……。清君のやってるジャック&ベティ、あれを三年間みっちりやれば、アメリカに行ったって立派に話せるわよ。日本人だって、中学の教科書をちゃんとマスターしてれば、アメリカ人と堂々と英語で話せるのよ」

そのジャック&ベティ、おれはてんで駄目なんだ……。佳世ねぇちゃん、だからおれのこと英語の先生なんてもう言わないでくれよ。

「アメリカ人といってもね、全部が全部、英語をしゃべっているわけじゃないのよ。いろいろな国の人たちが、新天地を求めてアメリカに渡ったでしょ。イタリア人、プエルトリコ、それにアフリカあたりから奴隷として買われていった人たち――肌の色も、食べる物も、言葉も風俗も違う人たちが集まって、いまのアメリカを創ったの。だからね、英語を話せなかったり、読み書きができなかったりする人も、けっこういるんですって」

「だけど、日本だって地方訛《なまり》があるよ。東北弁と関西弁じゃ、全然違うもん」

「でもさ、日本は一つの民族だから標準語話せばみんな通じるじゃない。方言があっても元になってる言語は同じなんだから。でもね、アメリカではアメリカ人同士っていったって、英語が通じるとは限らないでしょ、だから、手振りとか身振りとかジェスチャーを大きくして、何とか相手に自分の言いたいことを分からせようとするんだと思う。日本人は以心伝心とか、目は口ほどに物を言う、とか言って、それで済んじゃうけど、アメリカでは身体ごとぶつかっていかなくちゃ、分かってもらえないのよ」

清はアメリカ人でも英語ができない者がいるということを聞いて、何となく嬉しくなった。

「アメリカじゃね、誰にでもチャンスがあるの。成功したいと思ったら、チャンスをつかんで頑張ればいいのよ。アメリカの大統領だって、貧乏だった人が多いんだから。その点、日本はこれからね。江戸時代までは士農工商でしょ、明治になってからは、公・

侯・伯・子・男の華族がいて、その下が士族、平民っていう階級制度が出来たの。それに平民といっても……」

佳世が突然、激しく咳き込んだ。

「佳世ねぇちゃん、大丈夫？」

「ごめんね、最近ちょっと咳が出るんだ、でも平気」と言って、佳世は話に戻った。

「それが戦後、極東指令部つまりGHQが中心になって、階級制度や封建的な古いしきたりを解体したのよね……。いまアメリカやアメリカ人のこと嫌っている人も、きっと、そのうち分かる時がくるわ、アメリカだって、悪いことばかりしたんじゃないってことが。それにさ、私、どこの国の人だから嫌いとか好きだとか、そんなのはイヤだな。私のこと分かってくれて、私もその人のこと分かってあげられて、お互いが理解し合えるような関係であれば、どこの国の人だっていいと思う。もっとも、私は日本人だから、やっぱり日本が一番好きだし、ジェームスの国アメリカは次に好きだし、そういうことはあるけど」

「おれもアメリカ人、嫌いじゃないよ。だっておれ、アメちゃんと義兄弟の間柄なんだから」

清はわざと生真面目な顔をしてみせた。

「えっ、どういうこと」

「ほら、ヤクザが盃を酌み交わすと義兄弟っていうじゃン。小学校の時の友達にも、アメリカ人と義兄弟の奴、たくさんいるよ」

「まさか。清君、アメリカ人と義兄弟の契り交わしたわけ？」

「盃じゃないけどね。へへへ……」

「何よ、言いなさいよ」

「ギブミー　チューインガム、だよ。おれの友達にさ、村井っているんだ。そうだ、さっき徳屋にいた図体のおっきいの、あれが村井」

「ああ、あの子」

「あいつ、小学校の時アメちゃんからガムもらうの得意だったんだ。ギブミー　チョコレート、ギブミー　チューインガムでさ。もらったら、それを村井は、銀紙で包んだ新しいガムは食べないでそのまま取っておくんだ。それはいいんだけど、アメちゃんが噛んで道端に捨てたのとか、噛みかけのもらった時は――たいがいは噛みかけのしかくんなかったけど――自分の部屋の釘に付けておくんだ」

「釘に？」

「うん。あいつ、何本も壁に釘打ってね、横に一、二、三って番号書いてさ、ガムを釘の頭に突っ通しておくんだ。もらったり拾ったりした順に並べて」

「それ、どうするの」

「馬跳びや相撲、夏ならスイカ盗《と》りとか、遊びだったら何でもいいんだけど、勝った奴に貸してくれるの。丸一日借りられるんだ」

「借りて何に使うのよ」

「ガムだもん、噛むに決まってんじゃン」

「やだぁ、汚いわね、人が噛んだガムでしょ」

「どうして汚いの……？」

「だって……」

「ともかくさ、村井、あいつは大将だから、遊びで負けた奴にも時々貸してくれるんだ。いいとこあるでしょ」

「う……うん。だけど、味も何もないんじゃない」

「味？　ガムの？　あるわけないよ。おれたち、肉桂《ニッキ》の皮とかそんなのしゃぶりながら、ガム噛むんだ」

呆れた顔で佳世がため息をついた。

「ね、お酒じゃないけど、同じガムを噛んだ仲だから義兄弟でしょ。おれたち、アメちゃんの弟分だよ」

「もう、私、清君の話についていけないわ。一体それ、いつ頃のことなの」

「えーと、小学校二、三年かな」

「清君たちには、かなわないわ……。男の子って楽しいわね。」

佳世は将棋の駒を片づけると、「また来るわね」と立ち上がった。

縁側から庭に下りる時に、佳世はまた激しく咳をした。苦しそうに身体を折って咳こむ佳世の背中を清がさすると、佳世は肩で大きく息をつきながら無理に笑い顔を作って、「ドンマイ、ドンマイ」と帰っていった。


「いいか、みんな、明日から学校にホッピングを持ってきてはいけない」

担任の坂本先生が風邪で休んだため、代わりに朝の出欠を取りに来た体育の「六尺岡田」が大きな声でみんなに言った。

いま逗子では、一本足の跳び杖遊具、ホッピングが子供たちの間でブームになっている。清たちのクラスでも、大田真が学校にホッピングを持ってきて遊んで見せて以来、あっという間にみんなに広がって、いまでは、男子はほとんど、女子も半数以上がホッピングを持っていた。

清は数少ない「持っていない」一人だった。本当を言うと、清もみんなと同じようにホッピングがほしかったのだが、組立ラジオを買うまでは無駄使いはしないと決めていたし、母親の富江にねだるのも気がひけた。もっとも、そんな殊勝な気持だけではなく、清がホッピングを買わなかったのは、大田からホッピングを借りて試し跳びをした時に、上手く跳べずに、みんなの前で大田にゲラゲラ笑われたことも大いに関わりがあった。

「このクラスだけじゃない、学校中で禁止だ」

教室中、騒がしくなった。

「こら、勝手に喋るな、静かにするんだ。言いたいことがあったら、手を挙げて言え」

「……」

「じゃ、いいな。学校に置きっぱなしにしている者は、今日中に家に持って帰りなさい」

恐る恐る大田が手を挙げ、立ち上がった。

「お、大田か。大田はホッピングが上手いな。先生、大田がホッピングしているのを見て、なかなか上手いもんだと、いつも感心している」

大田は得意そうに、人差し指で鼻の下をこすった。

「だけどな、大田。道具を使ってジャンプしたって駄目だ。人間の筋肉は使えば使うほど筋力が増して、高く跳べるようになるんだぞ。走り高跳びもそうだろ。バスケットだって訓練してジャンプ力をつけるんだ。ホッピングでは残念ながらジャンプ力はつかない、そうだな、平衡感覚は養えるかもしれんが、それなら平均台のほうが余っ程いい。それに、ホッピングは内蔵が下に下がってくるんじゃないかと先生は思う。ともかく、明日から禁止だ」

大田は納得できないのか、口を尖らせていたがしぶしぶ椅子に座った。

「先生、禁止する理由がよく分かりません」

理恵子だった。岡田先生はムッとした顔で言った。

「木村、今、先生が言ったことを聞いてなかったのか。健康上の理由だ。君たちの身体はまだ出来上がってない。伸び盛り、育ち盛りのその時に、ホッピングなんかで遊んではいけない」

「学校ではやっちゃいけなくて、家でなら遊んでもいいんですか」

岡田先生は困ったように、頭をポリポリ掻いて、

「ともかく、駄目なんだよ」

と言った。

「休み時間や放課後に遊ぶものまで、学校が規制しようとするのは、おかしいと思います」

あちこちで「いいぞ、木村」とか「そうだそうだ」と理恵子に加勢する声が上がった。理恵子はそれに力づけられたのか、

「先生、それなら、これも……」

と自分のカバンの中から何かを取り出した。

「このあや取り、これもホッピングと同じ遊ぶ道具ですから、持ってきちゃいけないんですか」

「いや……それはいい。あや取りはいいさ」

「じゃあ、ホッピングだって」

「うるさい！　ホッピングは駄目だ。つべこべ言わずに、言われたとおりにしろ！」

岡田先生は理恵子を怒鳴りつけた。元来、岡田先生は論理的な話は得意ではない。

「怒鳴るなんて、先生ずるい……」

理恵子はプリプリしながら席についた。

岡田先生はちょっと目をそらし、深呼吸をした。

「先生」

「何だ、村井」

「先生、謝ったほうがいいよ、木村に」

岡田先生は、えっ、という顔をした。

「よう、早く、悪かったって言っちゃえよ」

「お前、先生に向かって、そんな口の利き方があるか！」

「もう、いい加減にしてくれよ。どうせ、これ以上話したって、学校が駄目だって言ったら駄目なんだろ。だったら、ゴチャゴチャ言ってねえで、早く木村に謝って、お終《しま》いにしようぜ。さっきから、社会の小川先生、廊下で待ってんだぜ」

「……分かった。木村、それにみんな、さっき先生が怒鳴ったのは、先生が悪い。すまなかった。……だけど、ホッピングは学校に持ってきちゃいかんぞ」

清は、理恵子の言いたいことも分かったが、しかし、あや取りとホッピングじゃ、やっぱり違うと思った。そう考えると、理恵子や村井に言い負かされて、謝るはめになった岡田先生が少し気の毒だった。


翌朝、清が教室に入ると、黒板に大きく「臨時朝礼」と書かれていた。

校庭に一年から三年までの生徒全員が集められた。

「みなさん、おはよう。今朝は臨時朝礼ということで、こうして集まってもらったわけです。詳しい話は、後で教頭先生のほうからしてもらいますが、私から、みなさんに言っておきたいことがあります。伝統ある本校には、卒業していった先輩たちや多くの先生方が築いてきた、いい校風があります。そして生徒諸君は、明るく素直ないい生徒だと私は誇りを持っています。その本校で不祥事や事件が起こるはずがありません。私はみなさん一人一人を信じています」

清は、何で校長がそんなことを急に言いだしたのか、見当もつかなかった。

校長に続いて、磯田教頭が壇上に立った。

「君たちにはっきり言おう。実は、ある生徒のホッピングがなくなった。先週のことだ。その生徒の父兄から、盗まれたと連絡があったのだが、校長先生同様、儂《わし》も君たちの中に泥棒がいるなどとはまったく思っておらんから、親御さんには、本校の生徒には盗みを働くものなど一人もおりませんと申し上げた。もし盗まれたとしたら、本校はハイキングコースの途中になっているし、校内に外部の者が入り込もうとすれば造作なく侵入できるわけだから、儂は外部の者のしわざだと思う。しかし……これは先生方にもお願いをして、君たちには内緒にしてきたんだが、実は一学期にも一件盗難届が出ている。この時は、買ったばかりのラジコンだった。ほら無線操縦の自動車だ、知っとるだろ。そのラジコンが盗まれたというんだが、儂は……」

　磯田教頭は、生徒たちの顔をゆっくりと見回した。

「儂はその時も、生徒の中に盗っ人がいるなんて、これっぽっちも思わなんだ。君たちの中にそんな馬鹿者はおらん。儂は信じとる。……しかしながら盗難届が二つも出されたとなると、そうそう学校としても手を拱《こまぬ》いているわけにはいかない。そこで、君たちに一つ約束してもらいたいことがある。それは学校には必要以外の物は持って来ないということだ。学校は君たちの遊び道具まで管理することは出来ない。先生方の中からはこの際徹底的に調べたほうがいいという発言も出たが、儂や校長先生も含めて大半の先生は、いまはその必要がないという意見でな。いいかな、ラジコンもホッピングも学校に持って来なかったら、失くなったりせんのじゃから、みんな、約束してくれるかな」

　あちこちで、首を縦に振る生徒の姿が見られた。

「よし、よし。それじゃ、約束できる者は大きな声でハイと言ってくれんか」

生徒たちは元気よく「ハイ」と答えた。清も「ハイ」と答えながら、この中に盗んだ奴がいるとしたら、そいつは返事ができなかっただろうな、と思った。

朝礼が終わって、教室に戻ってからが一騒動だった。

「絶対盗まれたのよね」

「そうよ、いくら何でもラジコンの車やホッピングが勝手にひとりで動き出すわけないもん」

「誰がやったのかな。先生がさ、家庭訪問して調べればいいんだよ。ラジコンとかホッピングがあるかどうか」

「だけど、ラジコンはともかく、ホッピングなんてみんな持ってんじゃャン。あんなの盗ったって、クズ屋にも売れねえや」

清はホッピング、グズラと誰かが言ったような気がして、いつしか耳を欹《そばだ》てていた。

「じゃきっと、ホッピング持ってない奴が犯人だぜ」

清はビクッとした。自分が盗んだわけでもないのに、なぜビクビクするんだ、と自分自身を叱りつけたいような気持だった。

「みんな、うるさいわね。喋るんなら、もっと小さな声で喋ったらどうなの」

騒がしさにたまりかねて南が言うと、ちょっとの間鎮まったが、すぐに前にも増して騒然となった。

「てめぇら、静かにしろって言ってんのが、聞こえねぇのか！」

村井の大声が教室中に響きわたった。

「さっき、教頭が言ってただろう、ラジコンもホッピングも、学校に持ってくるのが間違ってんだよ。ホッピング盗まれました、なんて届け出る奴のほうが間が抜けてんのさ。あんなもんは、自分の物も他人《ひと》の物もねえよ。誰のだって、そこらにあるのを使いたい奴が使えばいいんだ」

「村井君、そりゃあおかしいよ。僕なんて、浅草のおじさんのとこ行った時、ホッピングやってる人見てね、ほしいなって思ったから、小遣い貯めて買ったんだ。やっぱり自分の物は自分の物だよ」

「うん、大田君のほうが正しいと思うな、私。みんなでお金出しあって買ったものじゃないんだもん。持ってない人が使いたかったら、持ち主に使わせてほしいってお願いして、許可をもらってから使わなくっちゃ」

「木村、言っとくけど俺は、持ってない人が持ってる人のを使う、なんて一言も言ってないぜ。ホッピングを持っていようが持ってなかろうが、そんなことどっちだっていいんだ。俺、ホッピング持ってるよ。だけど、もしも大田のホッピングが校舎の壁に立て掛けてあったら、それを使わせてもらってもいいんじゃないかって言ってんの」

清は、村井がホッピングを持っていない清のことを気づかって、言い方を工夫してくれているのが分かった。

「村井君、いいじゃない。人それぞれ考えがあるんだから。私、使うんだったら村井君のを使わせてもらう。大田君が大事にしてるの使って、後から文句言われたらやだもん」

「村井君、私にも貸してね」

南と文子が言った。

清はその日、学校にいる間ずっと、誰かから横目で見られたり、噂されているような気がしてならなかった。村井や山中や黒田にそんなことを言えば、思い過ごしだと笑われるに決まっているから黙っていたが、居心地が悪いことこのうえもなかった。なんでおれがこんな思いしなくちゃならないんだ……。まったく、余計なことしてくれたよな――清は犯人に対してむかっ腹を立てていた。

学校から帰る途中、清は少し回り道をして逗子銀座通りにあるおもちゃ屋に向かった。ホッピングを持っていないことで、人からあらぬ疑いを掛けられるぐらいなら、いっそのことホッピングを買おうかと考えたのだった。

おもちゃ屋の前まで来て、さほどほしくもないものを買うのが馬鹿らしくなり、結局、ガラス戸越しに八百円の値札がついたホッピングが置いてあるのを確認しただけで清は店の前を通り過ぎた。

「あ、清君、お帰り。待っていたのよ。ほら、お仕事、お仕事」

清が玄関の鍵を開けていると、佳世が手紙を持って現れた。

ここしばらく、いかさま和訳をしなくて済んでたのに、また来た、と清は思った。我ながら身勝手な言い草だが、自分がいかさま和訳をして佳世を騙し続けているくせに、佳世から無理難題を押しつけられているような気になった。もういい加減勘弁してほしかった。

「佳世ねぇちゃん、本当は何が書いてあんのか、読んで知ってんだろ」

「また、あんなこと言って。この前も私言ったでしょ、横文字は苦手だって。そんなに意地悪しないで、やってちょうだいよ、ね?」

清は気が乗らないまま手紙を開いた。

「あれっ、今度の手紙はタイプで打ってある。これ、おはようの手紙じゃないの」

「ううん、ジェームスからもらったのよ。そうか。この間ジェームスに、清君に手紙訳してもらうって言ったから、清君が読みやすいようにタイプで打ったのかもしれない。そのほうが楽でしょ」

「別に、おれはどっちだってかまわないけど」

清は、もうここまできたら、やるしかないと肚《はら》を決めた。

「佳世ねぇちゃん、顔色悪いな。もう咳出ないの」

「ご心配かけまして……。フフッ、大丈夫よ、ありがとう。それより、清君こそ浮かない顔をして、何かあったの」

清は学校でラジコンとホッピングが盗まれたことを佳世に話し、自分がホッピングを持っていないものだから人から疑われてるような気がしてならない、と打ちあけた。

「清君、清君は何一つ悪いことしてないんだから、気にすることなんかないわよ。堂々としてなきゃ駄目よ、自信持って」

「コソコソ言われるの、おれやだよ」

「そうね、その気持も分からない訳じゃないけど……。ね、こんなこと言っちゃ悪いけど清君の家、お金持ちじゃないわよね」

「ラジオだってないんだよ、家が金持ちのはずないじゃない。正真正銘の貧乏だよ」

「そうね。まあ、どちらかといえば貧乏のほうかもね。だけど、こうして住む家はあるし、お母さんも元気で働いているし、まだまだいいほうなのよ。世の中には病気だとかケガだとかで働けない人もいるわよね。それに、お父さんが大酒呑みだったり賭け事が好きだったりして、生活費をほとんど使っちゃって、苦しい生活をしている家だって多いのよ。清君はホッピングぐらいだったら、なんとか買えるでしょ。ところが、中には買いたいと思っても、逆立ちしたってそのお金が出てこない家もあるわけ。清君のクラスには、生活保護を受けている家の子はいない？　そういう家の子は清君以上に居心地悪かったかもしれないわね」

「……わかった。でも、貧乏だから人から疑われるっていうのは……辛いね」

「清君……。この前さ、アメリカはいい国だって清君に言ったじゃない、私」

「回り将棋した時のこと？」

「うん。アメリカはいい国だとは思うけど……自由と平等の国とはいっても、人種差別がすごくてね。ジェームスは黒人でしょ、ジェームスはあまり愚痴こぼさない人なんだけど、それでも時々話してくれることがあるの。清君には信じられないかもしれないけど、電車や地下鉄なんかは白人用とそれ以外、つまり黒人や黄色人種用の車両は別だし、トイレだって違うのよ。横須賀のバーにも、黒人が入れない店あるけどね」

「ふうん、横須賀でも人種差別してんのか」

「軍隊の中には、差別ってあまりないらしいけど。それでもね、物が失《な》くなるでしょ、最初に疑われるのは黒人なんですって。ジェームスも何回かそれで嫌な思いしたことあるみたい」

「アメリカってひどいね」

「でもアメリカだけじゃなくて、この日本にだって差別あるのよ、それもすごい差別が。逗子に住んでいたんじゃ分からないでしょうけどね……好きな人同士が結婚しようとしても、周囲《まわり》が無理やり引き離して、結婚できなくしてしまうの」

佳世はそこまで言うと、目を伏せて寂しそうに微笑んだ。

「それでも一緒になるのが本当の愛情なんでしょうけど、親兄弟や親戚までこぞって猛反対だと、人間って弱いでしょ、やっぱり駄目なのよね。最後は負けちゃうの」

佳世は大きく息を吐《つ》いた。清は佳世が単なる世間話としてこの話をしたのではないような気がした。佳世の言う「すごい差別」が何を指しているのか、清には一向に要領を得なかったが、口に出して聞くのを憚《はばか》らせるものが佳世にあった。

「まあ、それはそれとして、清君の学校には朝鮮の人いない？」

「いる。西富って男。同じクラスなんだ」

西富は背はそう高くないが、がっしりした骨太の体格で、清と席が近かった。中学に入って間もない頃、清はこの西富に文句を言ったことがあった。原因はニンニクの臭いだった。清はニンニクが大嫌いで、母の富江が料理に少しでもニンニクを使うと、清は絶対に箸をつけない。

清は西富の口臭に、すぐに気がついた。他の臭いなら我慢できても、これだけは我慢できなかった。「お前、ニンニクなんて食ってくるなよ」、清が西富に言うと、西富は「ニンニク食ってどこが悪い」と細い目を吊り上げた。「毎日毎日臭《くせ》ぇんだよ。たまんねえよな」。西富は清を睨んで、拳骨《げんこつ》をつくった。「なんだ、やるのか」、清が言うと、西富は清に飛びかかってきて清の胸ぐらをつかんだ。そこで村井が止めに入らなければ、殴り合いの喧嘩になっていただろう。

村井は後から、「グズラもしょうがねぇな。あいつ、朝鮮なんだからニンニク好きに決まってんだろ」と言った。清は村井にそう言われるまで、うかつにも西富が朝鮮人だとは知らなかった。しまった、と思ったが後のまつりだった。

この小さな出来事がいまだに二人の間にしこりとなって残っているのか、それ以来、清と西富はじっくり話をしたことがない。

「そう、いるの。日本人は、これまで朝鮮の人たちに対してひどい仕打ちをしてきたのよ。迫害してきたの。偏見も強いわ。さっき、ジェームスのこと話したでしょ、白人の黒人に対する偏見もひどいけど、日本人も同じように、朝鮮人を蔑視して嫌悪感さえ持ってるのよ。すごい差別意識ね……」

おれは……おれは西富に対して……。

「私もね、いけないことだとは思うんだけど、朝鮮の人って聞くとすこし身構えてしまうところがあるわ」

清は、ニンニク臭いのが村井や南だったら我慢したかもしれない、と思った。清は西富が朝鮮人だとは気付かずに文句をつけたのだが、仲が良ければ文句を言わないが、仲良しでなければ文句を言うというのも一種の差別だろうか、と考えていた。だが西富はきっと自分が朝鮮人だから「ニンニク臭い」と言われた、そう思ったに違いない。だから、あんなに怒ったんだ。

清はハッとした。そもそもおれのニンニク嫌いが始まったのは、近所のおばさんから朝鮮人が赤犬を食べると聞いた頃からじゃなかっただろうか。「赤犬を食べる朝鮮人」と「朝鮮人が好きなニンニク」が頭の中でつながって……。

だからおれニンニク食べられなくなっちゃったのかなあ。

「私ね、朝鮮の人に対する日本人の意識ってたぶん劣等感の裏返しじゃないかと思う」

佳世が続けた。

「中国も朝鮮も、日本にとっては母なる国であり、父なる国よね。文化であれ何であれ、歴史が証明してるでしょ。私の両親あたりは、日本は世界に冠たる国っていう教育受けてきた年代なのね。だから、中国や朝鮮、特に距離的にも近い朝鮮については日本の属国にしておきたかったんじゃないかな。少なくとも日本軍はそういう戦略をとってたわ。敗戦後も偏見はちっともなくならなくて、いいえ、それどころか戦争に敗けてから偏見が一層強まったと言えるかもしれない」

清が小さい頃には世間にニンニク臭いことを極端に嫌う風潮があった。あれも朝鮮に対する偏見のせいだったのかな、と清は思った。

「日本人って不思議よね、明治になって鎖国を解くと、西欧からいろいろなものを輸入して、カルチャーやビヘイビアをどんどん取り入れたわ」

「カルチャー?」

「カルチャーは文化、ビヘイビアは、そうね、しきたりやならわしとか振るまいっていったらいいかな。日本は白人の風習や白人の作った文化や文明を、無条件に取り入れたのよね。それが白人崇拝につながっていくんだけど……。ところがよく考えてみると、それまで日本人が大切にしてきた文化とか思想は、みんな中国や朝鮮から伝わってきたんでしょ。白人以上に中国人や朝鮮人を尊敬しなければ理屈に合わないんじゃない」

「佳世ねぇちゃん、ずいぶん難しいこと知ってるんだね。おれ、いままで、そんなこと考えたこともなかったけど、佳世ねぇちゃんが言いたいこと、よく分かった」

「知ったかぶり言って、ごめんね」

「今日、咳出なかったね」

「そうよ、清君と話してると咳も止まっちゃうわ。じゃあ、ジェームスの手紙頼むわよ」

「村井、一生のお願いだから、訳してくれよ……」

清はジェームスの手紙をもういかさま和訳するわけにはいかなくなって、村井に手を貸してくれるよう頼んだ。

「いいぜ。だけど、一生の、何ていうのはよせよ。グズラは大袈裟なんだから。じゃあ、今日俺んち来いよ。そうだ、南も呼ぼうぜ。あいつ英語得意だろ」

清と南は学校の帰りに村井の家に寄った。

南は手紙に一通り目を通して、

「これ、そんなに難しくないわよ。教科書に出てくる文章みたい」

と言った。

「そんなら、早いとこやっつけてくれよ」

村井が南を早《せ》かした。

「ちょっと待って。この手紙ちょうど三枚あるでしょ。一人一枚ずつやらない？　清君どうかしら、村井君も」

「俺はいいけど、グズラできるか」

「うん……やってみるよ、おれも」

とは言ったものの、どこから手をつけていいか分からない。村井に「ほら、コンサイス」と英和辞典を渡されたが、単語の意味を調べようにも、引き方さえ知らなかった。

ぼんやり辞書をめくっている清に気が付いて、南が言った。

「清君、辞書上手く引けないいんじゃない。私、教えてあげるね」

清は南に辞書の引き方を習うと、単語を一つ一つ辞書で引いて、そこに乗っている意味を全部書き写した。

「あれっ、これ辞書に出てねぇや。タイプ間違えたのかな……」

「どれどれ？　あ、それは複数形なのよ。ほら、語尾が変化しただけ」

清の割り当ては、手紙の三枚目、最後の部分で、他の二人よりもはるかにボリュームが少なかったのだが、南が終わって村井が終わっても、清はまだ四苦八苦していた。

「出来た！」

「グズラ、よくやったな」

「ほんと清君、やれば出来るじゃない」

心配そうに清の手元を覗き込んでいた村井と南が笑顔で応えた。

「見せて」

「おれ、全然自信ない。めちゃくちゃ。絶対に笑うなよ、おかしくても」

「もちろん。……あら、細かいところはともかく、大筋は合ってるわよ」

それを聞いて清は肩の荷を下ろしたような気持になった。

「あとは三枚つなぎ合わせて、意味が通じないところを直せばいいんだな。南、頼むよ。俺のもちゃんとチェックしてくれよ」

「悪いな、南。二人とも、助かったよ。サンキュー……サンキュー、ミスター村井。サンキュー、ミス南」

清が片言とはいえ英語を使ったものだから、村井と南は一瞬呆気にとられ、そして弾けるように笑い出した。

「ところでさ、知ってる？」

「何を？」

「北見先生のこと！」

「尺とり虫のこと……？」

「北見先生の奥さんね……」

あの眼鏡のおかちめんこ、あいつがどうしたんだろう？

「言っちゃっていいのかな」

「いい、いい。なあ、グズラ」

「言いかけたんだから、もったいぶるなよ」

「私もアヤから聞いたことなんだけど、先生の奥さん働いてるんだって」

「へえ、どこで」

「それがね、鎌倉の酒場だって」

「酒場！　そんな馬鹿な」

「何だってそんなところで」

鎌倉駅のすぐ近くの「キララ」という店だという。

「お燗つけたり。お酌もするらしい。やぁね、不潔！」

「先公の女房が飲み屋で働いちゃいけないってことはねえだろうけど……どうしてか

「北見先生、知ってるのかしら。よく黙ってるわね。先生のとこ、うまくいってないのかな」

「南、お前も女だな、そういうこと、興味あるんだ」

腕組みをして村井が笑いをかみ殺した。

六

「この前の俳句、みんなええ感覚しちょるよ」

坂本先生が半月前に「季題というほどでもないけんど、冬を題材にして俳句を作ってみいや」と言って作らせた俳句のことだった。

「点数はつけちょらん。俳句はそれぞれの感じ方じゃきに。点数をつけんかわりに、寸評というか、先生の感想を書いたきに。まあ参考にしいや。そうそう、野呂のはちいと変わっちょったな」

清はいきなり自分の名前が出てきたので、ドキッとした。視線が自分に集まったような気がした。坂本先生は黒板に俳句を二句並べて書いた。

青空に白もくれんのぽっかりと
磯に降るツバメよぶ雨虹になる

「白もくれんがとやれば変哲もないところじゃけんど、白もくれんのとしとろうが。そこが面白い。それと左は冬の句やないけんど、これも悪くない」

清はあっと思った。英語の答案用紙の裏に書いた句を、こうして坂本先生が覚えていてくれたとは驚きでもあったが、何より嬉しかった。

「俳句は五七五で短歌は五七五七七とか、約束があることはあるけんど、何も形に拘《こだ》わらんでもええ。俳句も五七五に拘らない自由句というのがある。荻原井泉水とか山頭火なんていう俳人もいるし。ともかく大事なんは感動したこととか情感を表現することじゃ」

坂本先生はその日俳句を中心とした授業をした。終鈴が鳴った。

「ほんなら、今日はここまで」

いつもならここで起立と級長の長嶋が声をかけるところだが、号令がかかる前に田川栄子が立ち上がった。

「先生、一つ質問してもいいですか」

「何だ、俳句のことで分からんことがあるがか」

栄子はニコニコして「いいえ」と首を横に振った。

「先生、結婚するって本当ですか」

生徒の間にどよめきが起こった。坂本先生の顔がみるみる赤くなった。

「えー、それは……、えーと……」

文子が「先生、先生」と拍子をとりながら言うと、何人かの生徒もそれに声を合わせた。

「先生、先生のお嫁さんになったら、小川先生、学校やめちゃうんですか」

栄子が追い打ちをかけるように、また言った。どよめきは驚きに変わった。生徒たちがあちこちでガヤガヤと喋り始めた。

坂本先生は額を二度三度手でピシャピシャ叩くと、

「しゃあないのう。話しちゃうか」

と言った。潮が引いたように、教室が静まった。みんなは興味津々といった体《てい》で机に身を乗り出し、さあ一言たりとも聞き逃さないぞ、という顔をした。

「さっき田川が言ったとおりじゃ。俺は小川先生と婚約した。まだ誰にも、校長や教頭にさえ話しちょらんけどね。田川はどうして知っちゅうがぜよ」

「母が着付教室をしてるんですけど、小川先生も習いに来てるんです。それで、この前母と小川先生が話してるの聞いちゃった」

栄子は舌をペロッと出して首をすくめた。

「なるほどなぁ……おい、みんな、頼むきにしばらくこの話、黙っちょってくれんかよ。噂になる前に、校長や教頭に話さんとちょっと具合悪いけんね」

教師に頭を下げて頼み込まれるなど滅多にないことなので、誰もがいい気分で大きく頷いた。

結婚しても二人一緒に同じ学校で教えるつもりかな……。だけど、坂本先生と小川先生が結婚するとはね。そうか、坂本先生その話もあって夏休みに土佐に帰ったのか。そういえば、職員室でも仲よさそうだったもんなぁ――

清がそんなことを考えながら家の前まで来ると、生け垣の横に青い大型の自動車が止まっていた。外国の車だった。清がその脇を通り抜けようとしたその時、助手席の窓を開けて佳世が顔を出した。

「あ、佳世ねぇちゃん。どうしたんだよ、こんなのに乗っちゃって」

「よかった、帰ってきてくれて。ジェームスがドライブに誘ってくれたの、清君も一緒にって。なかなか帰ってこないから、どうしようかと思った」

「えっ、おれも？　いいよ、おれは」

「いいじゃない。早く鞄置いてらっしゃいよ。おばさんには言ってあるわよ」

隣でジェームスも乗れという素振りをした。

自動車それも外車に乗る機会なんて、滅多にあることじゃない。投げ入れるようにして鞄を玄関の上がり框《かまち》に置くと、佳世の勧めに従って後ろの座席に腰を下した。シートから革の匂いがぷんぷんしていた。

車の中ってこういう匂いがするのか。それに、ずいぶん広いんだな、と清は思った。外車どころか乗用車に乗ったのは初めてだった。

清はおはよういどんな風に挨拶しようかと悩んだ末、

「ハロー、アイム　キヨシ・ノロ」

と言った。ジェームスは大きく頷いて、

「オハヨウ、アリガトウゴザイマス」

と右手を差し出した。清はちょっとたじろいだが、思いきって自分も右手を出し握手した。

ジェームスの大きな温かい手に清の手が包まれた。

「清君にいつも手紙訳してもらってること言ったから、ジェームスも清君に感謝してるのよ」

そう言った後、佳世は激しく咳込んだ。

ジェームスは車を止めて、佳世の背中を擦《さす》った。

「佳世ねぇちゃん、大丈夫？　ドライブやめたほうがいいんじゃない」

ドライブより、佳世の身体のほうが心配だった。

「もう落ち着いたから、大丈夫。さあ、行きましょう」

車が田越橋を渡ろうとした時、清は海岸のほうから歩いてくる山中の姿を見つけた。

「あ、ちょっと止めて。ストップ、ストップ！」

ブレーキがかかって、車は急停車した。座席から滑り落ちて床に尻もちついた清に、佳世が笑いをこらえながら「ケガしなかった？」と訊いた。

「へへ、広いから床にも座れるんだね……。窓開けるの、どうすればいいの」

「そのハンドル回すのよ」

「固くて回らない……なんだ、反対側に回すのか……おーい、山中」

山中はキョロキョロあたりを見回した。

「ここだよ、ここ」

山中はようやく、清が車の中にいることに気がついた。

「すげえ。シボレーじゃン！　いいなあ、グズラ……シボレーかぁ」

羨ましそうに山中が車体をそっと撫でた。

「いいだろ、すげえだろ。おれね、これからドライブ」

清は小鼻をピクピク動かした。得意げな口調になっているのが自分でも分かった。

「じゃあ、また明日」

清が窓を閉めると佳世が、

「清君、お友達も誘ってあげたら」

と言った。

「サンキュー……でもさあ、おれだって、たまには見せびらかしてみたいんだ。……それとも、誘わなきゃ駄目？」

佳世は清をやさしいまなざしで見つめた。

「じゃあ、今度乗せてあげることにして、今日は三人で行こうか」

それを聞くと清はもう一度窓を開けて、山中に言った。

「この次、お前も乗せてくれるって。楽しみにしてろよ。じゃあな」

山中はにっこり笑って手を振った。

六代御前の前でシボレーは止まった。

佳世が英語でジェームスに何か喋っている。「ロクダイゴゼン」という言葉だけ聞き取れた。佳世は信じられないくらい、なめらかに話した。ジェームスはさかんに頷いていた。

「おはように何話したの」

「清君の知ってること。六代御前の説明」

「どんなこと」

「平高清のことよ。六代御前って平高清のことなんでしょ」

「おれ、知らなかった。いつも六代御前ってばっかり言うから。そうか、平高清なのか」

「清君が知らないんじゃ、間違ってるのかもしれない。うろ覚えだから」

「いいんだよ、きっと合ってるよ。ここの六代御前にね、うちのお墓があるんだ」

「じゃあ、お父さんも？」

「うん、おれの祖父《じい》ちゃんや祖母《ばあ》ちゃんもみんなそこに入ってる」

佳世はジェームスにまた英語で話しかけた。ジェームスは「OK」と言って、シボレーを六代御前の境内に乗り入れた。

「お参りしていきましょうよ。平高清が正しいかどうかも分かるし」

三人は車を降りた。

「ここ、春は桜が綺麗でしょうね。来年の春が楽しみ……」

「裏山は桜山っていうんだよ」

佳世がジェームスに「チェリーブラッサム」というと、ジェームスは「Oh!」と両手を広げ、日本語で、

♪サクラ、サクラ……

と歌い出した。佳世はジェームスの顔を見上げ、小首を右に左に傾けながら後を続けた。

やよいの空は　見渡すかぎり……

清はそんな二人を見ているのが照れくさくなった。山際に歩いていき、石碑を読んだ。

「佳世ねぇちゃん、いいんだよ、あってたよ、ほら……」

御前（平高清）、十二の砌《みぎり》、平氏滅亡、北条時政に捕えられる。文覚上人の命乞いで一旦は助命されるが、源頼朝没後、運つたなく田越川近くで斬首。時に高清二十六歳、平家ここに消えゆく。


佳世がそれを通訳してジェームスに聞かせた。ジェームスは佳世の説明をじっと聴いていたが、清の顔を見て、「The ending of the Heike, ……カワイソウネ」と言った。

清はジェームスといると、簡単な英語なら自分にも話せそうな気がしてきた。

「六代御前の墓は、あの大きなケヤキの木の下にあるんだ。おれんちのは、そっちのほう」

「私ちょっと山は登れそうにないわ。清君ちのお墓だけにしとく」

ジェームスは佳世が首を振るのを見て、突然、佳世の身体を両手で軽々と抱え上げた。

佳世は「やめて、やめて」と騒いだが、ジェームスは六代御前の墓に続く石段を上っていき、墓の前で佳世を下ろした。

佳世と清が六代御前の墓に手を合わせるのを見て、ジェームスもそれに倣《なら》った。

下りはゆっくり山路を通った。

「こんなことなら、お花持ってくるんだったわ」

清の家の墓に着くと、佳世は辺りを見回し紅く色づいた紅葉の小枝を二本手折《たお》り、山路で採ってきた紫色の花と一緒に墓に手向《たむ》けた。

会ったこともない清の父や祖父母のために深々と頭を下げ合掌してくれている佳世やジェームスの姿を見て、清は胸が熱くなった。

「ジェームス、佳世ねぇちゃん、ありがとう」

ジェームスが、清の肩に手を置いてにっこり笑った。

青いシボレーは静かに走り出した。

「さっきの紫の花、何?」

「あれね、杜鵑《ホトトギス》っていうの。見たことないかしら……でも面白いじゃない、逗子って『不如帰《ほととぎす》』の舞台になったところでしょ、徳冨蘆花の。その町に杜鵑なんて」

「どうして、そんな名前がついたのかな」

「あの花、白い地に濃い紫の斑があるでしょ、それが、ホトトギスが羽を広げた姿に似てるからって聞いたわ」

「へえ、いいこと聞いちゃった。おれ、さっそく明日、学校でしったかしちゃおう」

「しった……?」

「しったか。知ったかぶりのこと」

「フフッ……ホトトギスか。『不如帰』の浪子は胸の病で死んだのよね……」

佳世がポツンとつぶやいた。

「なみ子っていう人がどうかしたの？」

「ううん、何でもない」

清は佳世がしんみりしているので、景気をつけようと、明るく言った。

「六代御前で毎年、盆踊りやるんだよ」

「知ってる。ジェームスと二人で行ったもの」

清は、おはようと盆踊りなんか行って、他の人に嫌がられなかったかな、と思った。

「佳世ねぇちゃん、勇気あるね」

「まあね」

「逗子音頭、歌ってあげようか。いつも行ってるから覚えちゃった」

「わあ、歌って」

♪昔しのべば　涙でくもる
六代御前の　あの墓どころ
散るか桜もハラハラと　ソレ！
逗子はよいとこ　海からあけて
君を松原　姿を水に

あさひ夕日も化粧する

「ソレ！　しゃんしゃんしゃらりと　はやしゃんせ」

佳世が合いの手を入れた。

逗子は絵になる　唄になる

佳世もジェームスも拍手をした。

「あ、危ない！　Hold on to a handle!」

佳世が叫んだ。ジェームスは頭を掻いて「ゴメンナサイ」と謝った。

「清君、ちょっと調子が外れるとこあるけど上手いもんね。見直したわ」

「それ、ほめてるの」

「それだけ歌えれば、たいしたもんよ。ね、ジェームス？」

ジェームスは分かっているのかいないのか、

「Oh, Yes!」と言って、片手で踊る真似をした。佳世も清も大笑いだ。

「佳世ねぇちゃんお囃子、知ってるんだね」

「うん、夏の盆踊りでお囃子だけはね」

車は富士見橋の脇を抜けた。

「わぁ、綺麗！」

朱塗りの富士見橋が傾きかけた陽に映えて一層朱く染まり、田越川に朱で一の字を書いたように見えた。

鐙摺《あぶずる》の築港を通った時、清は夏休みに黒田が溺れた事件を思い出した。村井も黒田も山中もみんないいやつだ――自分がそんな友達に恵まれたことが、たまらなく嬉しかった。

森戸神社で車を降り、三人は森戸海岸に向かった。いままさに水平線に秋の陽が落ちようとしていた。

「Wonderful!」

「ほんと、素晴らしいわ」

ジェームスと佳世が感嘆の声を上げた。清もこれほど見事な夕陽は見たことがなかった。手前に端然とした菜島の岩が、右手には小坪、その向こうに江の島が浮かび、左手は緑濃い長者ヶ崎、遠く箱根の連山それに富士山まで、くっきり望めた。

箱根の山並みに陽は沈みつつあった。菜島の鳥居の先を漁船が帰帆を急いでいた。

「あの船、真名瀬《しんなせ》に帰るんだ」

「しんなせ……」

「そこの漁港」

清は指で差して佳世に教えた。

相模灘が夕映えに朱く煌《きら》めいている。富士山の薄い紫がしだいに濃さを増してきた。

「葉山って、山の端が海へと注《そそ》いでいるから、それもあって名付けられた地名らしいよ。社会科の先生が言っていた」

葉山の町は海岸線を除けばぐるりと山に囲まれている。

「ちゃんと、先生がっていうところがいいわね、清君。しったかしないで」

山の端が朱く熟れた海原に落ちている。一面茜色の空に、葉山の海がすっぽりと包まれた。菜島の岩も、森戸の神社も、街も海も船の帆も、すべて茜色で覆われた。

♪Red sails in the sunset
　'Way out on the sea

低く、ジェームスの歌う声が聞こえてきた。

佳世はジェームスの腕をとり寄添うと、ジェームスの胴に腕を回した。

　Oh, carry my loved one
　Home safely to me……

二人は歌いながら、波打ち際《ぎわ》をゆっくりと長い間歩いていた。

車に戻ると佳世は疲れが出たのか、運転しているジェームスに寄りかかったまま黙り込んでいた。ジェームスの手が時々、佳世の長い黒髪をやさしく撫でた。

帰りは海岸線を通らずに葉山隧道を走った。トンネルを出てすぐ、佳世は激しく咳き上げた。ジェームスは車を止めると室内灯を点した。

「Oh! Kayoko!」

口許に当てがった指のすき間から、鮮血が流れ出している。ジェームスが渡した白いハンカチが、瞬く間に赤く染まっていく。

「夕焼けがあんまり……綺麗だったから、……うつっちゃった……」

跡切れ跡切れにやっとそれだけ言うと、佳世は大儀そうに目を閉じた。

ジェームスがアクセルを踏み込んだ。

景色がどんどん後ろに飛んでいった。

街の灯が窓の外でいくつもいくつも後ろに流れていった。

「母ちゃん、大変だ！　佳世ねぇちゃんが……」

富江は清から事のあらましを聞くと、すぐに佳世の家へ行き床をとって佳世を寝かせ、

「清、母ちゃん、大野先生呼んでくるから！」

そう言い置いて自分が家政婦に行っている医者の大野の家へ飛んでいった。

富江は出掛けていったまま、なかなか帰らなかった。清は待ちかねて表に出てみると、少し離れたところにジェームスのシボレーが駐《と》まっていた。中には誰もいない。

物陰からジェームスが姿を現わした。

ジェームスは清に英語で畳みかけるように喋り出した。

「佳世ねぇちゃん、家で寝てるよ。いま母ちゃんがお医者呼びに行ってる……」

またジェームスが何か言った。

「大丈夫だよ、佳世ねぇちゃん、絶対大丈夫だよ」

清は不安を打ち消すように強く言った。

富江が大野のスクーターの後ろに乗って戻ってきたのは、ジェームスが帰ってしばらくしてからだった。

大野が診察をしている間中、清は自分の家と佳世の家の間をうろうろ歩き回わっていた。佳世のことが心配で、じっとしていられなかった。

「胸だって……。佳世さん、結核なんだって……」

強張った顔で富江は清に告げた。

「感染《うつ》るから、近づいちゃいけないよ」

富江はそう言ったが、うつるなら、もうとっくに自分もうつっている気がした。

母ちゃんはあんなこと言ってるけど、佳世ねぇちゃんの病気、たいしたことないに決まってる――富江が大騒ぎするほど佳世が恐ろしい病気に罹っているとは思えなかった。思いたくなかった。

その日、清は朝から身体が熱っぽく、学校でも何回となく咳が出た。

夜になると咳はひどくなり、鼻水も止まらなくなった。

「風邪かねぇ……」

富江は清に富山のくすり屋が置いていった頓服《とんぷく》を飲ませ、いつもより早めに寝かせた。水枕をしているのに、熱は下がらず、寝苦しくてうつらうつらしては目覚め、一向に熟睡できないでいた。

清はヨットに乗って、大きな青い海のまっただ中にいた。

青い空が瞬時に深紅になった。深紅の空に赤い煙が漂《ただよ》い、まるで吊り天井のように赤い煙の帯となって下がってきた。ヨットの帆が煙に包まれ、やがて清の身体も赤い煙幕に包まれた。

空も海も空気も、真っ赤に染まった。

清は赤い岩壁に立っていた。沖から岩壁に向かって一艘のヨットが近付いてきた。ヨットの帆だけが異様に白く輝いていた。

ヨットには男が一人乗っていた。鐙摺《あぶずる》で黒田を助けてくれた先輩だった。

あ、逗子開成のおにいちゃんだ……。

清は先輩に、この前はすみませんでした、と言った。

――ああ、あの時ね、よかったね、無事で。

先輩が笑った。笑うと、口の中が真っ赤だった。

――おにいちゃん、口が！

先輩はあわてる様子もなくポケットから白いハンカチを取り出すと、口に当てた。ハンカチがあっという間に赤く染まった。先輩がハンカチを口から離し、顔を上げると、いつの間にか先輩が佳世になっていた。

――佳世ねぇちゃん！

佳世の口から、ドクドクと赤い液体《もの》が吹き出ていた。

――どうしたの……。


「清！　清！」

富江の声で目が覚めた。

「清、どうしたんだい、苦しいのかい」

「……母ちゃん」

「お前、ずいぶん、うなされてたよ」

「夢だったのか」

まだ心臓がドキドキしていた。

「恐い夢でも見たんだね」

富江は縫いものをしていた手を休めて、

「さあ、下着替えな。ぐっしょりだろ」

と乾いた手拭で清の身体を拭いた。

柱時計がボーン、ボーンと二つ鳴った。

「母ちゃん、寝ないで看病してくれてたの」

「ああ、あんまり苦しそうだったからね。ここで縫いものしてた」

「何つくってんの？」

「これかい。佳世さんにね。綿入れをあげようかと思って。これから寒くなるだろ」

「……佳世ねぇちゃん、元気になるかな」

「大丈夫。大野さんが診《み》て下さってるからね」

「そうだね、大丈夫だね」

「さあさあ、心配しないで寝た寝た」

水枕の中で、氷がガラガラ鳴った。水の音が清に、夢の中の赤い海を思い出させた。

翌朝になっても熱はひくどころか、むしろ高くなり、咳もひどくなった。

「今日は学校、休みな。ほら、りんごの絞り汁だよ、飲めるかい。母ちゃん、時々様子を見に帰ってくるから、おとなしく寝てるんだよ。」

富江が勤めに出ると家の中は清一人きりになったが、裏の家に佳世が寝ていると思うと、一人ぼっちで蒲団に寝ていても寂しさが紛れた。

清が寝ついてから三日目の朝、富江は清の額に手を当てると「大野さんのところで診てもらおう」と言って、熱でぐったりしている清をかかえるようにして大野の家に連れていった。

清が「大野医院」と看板の出ている入口から入ろうとすると、富江は「こっちだよ」と勝手口に回った。

「だって大野先生に診てもらいに来たのになんで表から入らないんだよ」

富江はそれを無視して、勝手口の戸を開け、中に入った。

「奥さま、おはようございます」

「あ、富江さん、お子さんの具合どう?」

「ええ、それが、熱が下がりませんで……」

富江は戸の外に立っている清を呼んだ。

「今日は先生に診ていただこうと思いまして……清、ほら、ご挨拶して」

「こんにちは」

「あなたが清君？　いつも一人でお留守番して、偉いわね。夜遅くまでお母さん働かせて、ごめんなさいね」

「奥さま、そんな滅相もありません」

「富江さん、いいお子さんじゃないの。あなたも先が楽しみね」

富江は「はい」と答えて、清の頭を撫でた。

「さあ、さっそく先生に診てもらいましょうね。診察時間が始まってしまうと忙しくなるから」

「まったく、勝手を言ってすみません」

富江に促されて、清は診察室に入った。

「あなた、富江さんのお子さん、診てあげて下さい。熱が下がらないんですって」

「先生、申し訳ございません。よろしくお願いします」

「どれどれ、風邪かな。はい、ここに座って。……ツベルクリンは」

「陰性です」

「病気したことあるかい」

「いいえ、ありません」

「咳は出る？　喉は痛い？　頭は？……」

大野は机の上の用紙にペンを走らせながら訊《き》いた。

「先生、何書いてるんですか」

「これか？　これはカルテといって、君の症状を記録しておくんだ」

「英語で？」

「いや、ドイツ語だ。英語で書くお医者さんもいるがね」

清は、英語やドイツ語を知らないと医者にはなれないんだ、と思った。

大野は聴診器を当てて内診を済ますと、

「多分、風邪だろうが、念のためにレントゲンを撮っておこう」

と言った。

レントゲンを撮り終えると、清は服を着ながら大野に尋ねた。

「先生、佳世ねぇちゃん、大丈夫ですか」

「佳世ねぇちゃん……？　誰だい、それは」

「うちの裏の……」

「ああ、あの人ね」

患者の名前も知らないなんて、本当に佳世ねぇちゃんはこの先生にかかってて癒《なお》るんだろうか——清は少し不安になった。

「心配ない。きっと良くなる」

大野が自信あり気に言い切ったので、清の不安は消しとんだ。

夕方、富江は家に帰ると清に言った。

「清、よかったよ。私、肺病でもうつってたら、どうしようかと心配してたんだけど、気管支炎の軽いのだそうだよ」

「うつるって、佳世ねぇちゃんのが？　うつるわけ、ないじゃんか」

「ともかく、よかった。でもね、ツベルクリンが陰性だから気をつけなくちゃいけないって、大野先生おっしゃってた。一週間は学校休めって」


清がしばらくぶりで学校に行くと、教室の雰囲気がいつもと違っていた。清を遠巻きにして誰も近寄ろうとしない。

「よう、南、おはよう」

「あ、……おはよう」

南や文子までがよそよそしかった。
二、三日、清は何故みんなが自分を避けているのか分からなかったが、清が近付くと口を押さえて顔をそむける者がいるのを見て、謎が解けた。
「おれ、肺病だと思われてんだ……」

休み時間や放課後に村井や山中、黒田などと集まって一緒に遊ぶこともなくなった。

登校から下校までずっと清は一人ぼっちだった。

「別に一人だって構わねぇや。誰がこっちから話しかけるもんか……」

一人ぼっちは寂しかったが、声をかけても無視されるかもしれない。それは、なお嫌だった。

それから十日ほど経った。

昼休み、清は一人教室に残って机で森鷗外の「青年」を読んでいた。人の気配がして清が顔を上げると、西富専一だった。西富は自分の椅子を持ってきて、清の机の前に置いた。

「……？」

「鉛筆野球、やらないか」

西富が言った。

「え、おれと？　おれと一緒にいると病気がうつるよ」

「平気さ。父ちゃん言ってたけど、うつる肺病とうつらない肺病があるんだって」

「そんなこと初めて聞いた」

「それに、オイラいつもニンニク食べてるから、うつるわけないよ。ちょっと臭いけど我慢しろ」

西富は笑った。清はなんだか分からないが、鼻の奥がツーンとしてきた。

「な、鉛筆野球、二人でやろうぜ」

清は「うん」と頷いた。

西富は器用にナイフを使って、チビた鉛筆の側面を二か所削り、そこにそれぞれ「アウト」と「ヒット」と書いた。清も鉛筆の六面全部削って、一面置きに「単打」と三つ書き、残りは「二塁打」「三塁打」「本塁打」と入れた。

その間に西富はノートにベースを四つ書き、線で結んだ。得点表も作った。

準備ができた。

「じゃあ、いいか、ジャンケン、ポン」

清が勝った。清は西富が削った鉛筆をころがした。

「やった！　ヒットだ」

今度は自分が削ったほうの鉛筆をころがす。二塁打だった。清は消しゴムを二塁に置いた。そうしておいて、また西富の鉛筆をころがす。

削っていない面ばかり三度続いて、そして「アウト」と書かれた面が出た。

「ワンナウトだね」

西富が言った。

清はチェンジになるまでに一点を取った。

五回の裏、西富の攻撃が終わると、三対三の同点だった。

「もっとやる?」

清は訊いた。

「うん、七回まで」

その時、鐘が鳴った。昼休みが終わって最初に教室に入ってきたのは、村井だった。村井は清と西富が鉛筆野球をしていたことに気付いたはずだが、何も言わず自分の席に座った。

小学校時代、清はよく村井と鉛筆野球をして遊んだ。休み時間だけでは飽き足らず、授業中に教科書を衝立にしてその陰で鉛筆をコロコロころがしたものだった。「授業中に何やってんだ」と先生に叱られ、二人して立たされたこともある。

鉛筆野球をしているのを見ても村井が何も言わなかったので、清は寂しかった。

その日以来、清は昼休みになると西富と鉛筆野球をするようになった。もう清は学校に行くのが苦痛ではなくなっていた。西富と鉛筆野球をするのが楽しみで、昼休みが待ちどおしかった。

「おい、西富、やろうぜ」

「うん、今日は勝つぞ」

「面白そうやな、僕も入れてんか」

黒田だった。

「病気になってもいいのか、うつるぞ」

清はわざと意地の悪い言い方をした。

「何言うとんねン、いつも人のこと、お前はアホやから風邪なんかうつらんちゅうくせに、仲間に入れてェな」

「風邪じゃなくて肺病なんだろ、おれは」

「風邪も肺病も一緒や、アホはうつらんのやで」

黒田も混じえて三人で鉛筆野球を始めた様子を、村井が遠くから眺めていた。清は今度こそ村井が何か声をかけてくれるかと期待したが、村井は黙って教室を出ていった。

「グズラ、グズラの番やで。何ぼうっとしとんねン」


清は富江の目を盗んでは、佳世の様子を見に行った。佳世のところでジェームスに会うこともあった。ジェームスは二日か三日おきに来ているらしかった。佳世は目に見えて痩せてきた。相変わらず血色も悪く、清が見舞うと蒼白い顔で微笑んだ。

「母ちゃん、佳世ねぇちゃん、どう?」

「そうだね、いくらかはいいんだけど、薬が思ったほど効かないみたいだよ」

清は、お金はどうなっているのか気になった。毎日往診しているのだから、大野に支払う治療費だって、かなりになるはずだった。

「佳世ねぇちゃん、お金あるの？　薬代とか払えるの？」

「ああ、母ちゃんが預かっているお金がずいぶんあるし、それに薬はジェームスが届けてくれるから」

「え、おはようが？　ジェームスが薬持ってくるの？」

「ストマイっていう、たいそう高価な薬なんだよ……ジェームスは基地のお医者さんから譲ってもらうらしいんだけど大野先生もそれでかなり、儲けているらしくて、治療費は要らないって」

「どういうこと？」

「うん……ジェームスが持ってきてくれるストマイね、半分は佳世さんに使うけど、残りの半分は大野医院でもらうんだって。そういう約束でジェームスに佳世さんの治療を引き受けたらしい」

「汚《きた》ねえこと考えやがったな」

しかし、それで佳世の病気を癒してもらえるなら、どうでもよかった。

「ストマイは強い薬だから、仮に胸の病が癒っても、耳が遠くなってしまうかもしれないそうだよ」

「聞こえなくなっちゃうの！　そんな……」

「この前、大野先生と奥さまが話してるのを耳にしちまったんだけど……日本ではまだストマイがなかなか手に入らないからどんな副作用があるかよく分かってないんだよ。佳世さんで試してみるって……」

「冗談じゃないよ、犬や猫じゃないんだぞ」

清は怒りがこみ上げてきた。


「清、文明堂のカステラあるよ。こっちにおいで」

富江は茶だんすからカステラを出して切り分け、「はい、お食べ」と清に差し出した。

「清、お前に話しておきたいことがあるんだよ」

改まった口調で富江が話し出した。

「お前の死んだ父ちゃんが書生しながら大学に行ってたこと、話したことあったよね」

「うん。働きながら、学校いってたんだろ」

「いまじゃあ書生なんて言い方しなくなったけどね。他所の家で世話になりながら勉強してたのさ。庭を掃いたり、家の中を掃除したり、よそにお使いにいったり。家の事を手伝う代わりに学校に行かせてもらったんだ。母ちゃんと世帯を持ってからは、町工場の帳面つけみたいなことばっかりしてたけど、父ちゃん本当は弁護士になりたかったらしい。あれでも若い頃は苦学して法律の勉強してたんだよ」

「そうか。でもさ、なんで急に、父ちゃんのこと話すの」

「父ちゃんが書生をして厄介になっていたのは、杉並の小室さんてお邸《やしき》でね。母ちゃんもこの間まで知らなかったんだけど、佳世さんはそこのお嬢さんらしいんだ」

「佳世ねぇちゃんから聞いたの」

「佳世さんはそんなこと言わないけど」

「何で早く教えてくれなかったんだよ」

「母ちゃんも、民生委員の亀山さんから聞いて初めて知ったんだ。夏休み頃に亀山さんがうちの庭で立ち話したことあっただろ」

「ああ、そんなこと、あった」

「あの夜、亀山さんの家にいったら佳世さんの話になってね。母ちゃんはまたご近所から佳世さんに対して苦情が来ているのかと思ったんだよ」

以前、富江は亀山から、佳世のようなパンパンかオンリーか分からないような者が逗子のど真ん中に住んでいるのは風紀上よくないという類の抗議や苦情が持ち込まれていると聞いていたらしい。

「だけど、その日の亀山さんの話はね……」

ひょんなことから、佳世の実家が杉並の小室家と分かったということと、佳世の父親は亡くなり、佳世と母親とは絶縁状態だということを打ち明けられたという。

「何しろ、亀山さんの口添えで父ちゃんは小室さんちの書生になったわけだからね。亀山さんも、佳世さんのこと知らん顔はできなかったんだろ。いまの状態じゃ身寄りがないも同然だから、なんとか力になってやってください、って亀山さんに頭下げられちゃって……」

「身寄りがないっていっても……」

「実家と行き来がないらしいから。佳世さんが家を出たのか、お母さんが佳世さんを追い出したか……ともかくよっぽどのことがあったらしい。上手くいってないようだよ」

「喧嘩してるのか。なんでって。お前と母ちゃんも喧嘩するだろ」

「なんでって。お前と母ちゃんも喧嘩するだろ」

「でも、仲直りするよ。すぐに」

「そうもいかないことがあるよ。大人同士は面倒なこともあるのさ」

「子供にもある」

「なんかあったの」

「うん。佳世ねぇちゃんと一緒にいるだろ。学校でね、みんなが肺病うつるって、おれ除け者だった。なんかさ、へんなの。今まで仲よかった奴も遊んでくれなくなってさ。西富って奴だけ、おれと仲よくしてくれた」

「そんなことあったのかい。だけど、清は肺病じゃないんだから」

「肺病とか何とか関係ないよ、肺病だっていいじゃン。誰かが面倒見なかったら治んないでしょ」

「そうなんだけどねぇ。不治の病だからね」

「え、治らないの。佳世ねぇちゃん、治らないの」

「やだね、そういう人もいるってこと。それにいまじゃいい薬があるから」

「そうだよ。ストマイだろ、ジェームスがさ、持ってきてくれるから、大丈夫だよね」

「うん」

「大丈夫だよね」

「うん、うん」


　佳世ねぇちゃん、金持ちのお嬢様だったのか。だけど、佳世ねぇちゃんの母ちゃんもひどいよな。実の娘と縁を切るなんて、

「金持ちがすることはわかんねえ。金持ちか……」

　清は村井の顔を思い浮かべた。

「村井……、あんな奴じゃなかったのに。あいつん家《ち》も金持ちだからな」

　村井との友情がこのままわけの分らない形で消えていってしまうのは嫌だと思った。村井に会って話をしてみよう――清は思い立って村井の家に向った。

「野呂君、あんだ当分ここには来ねえほうがいいよ……」

家政婦のフミは、清の顔を見ると気の毒そうに言った。

「なんで」

「……どうすてもだ」

「フミさん、何かおやつない？」

ちょうどその時、村井が二階から降りてきた。

「おい村井、ちょっと」

話があるんだけど——清に最後まで言わさず、村井は人差指を唇に立てて「しーっ」と言うと清を玄関の外に連れ出した。

「お袋がね……」

「もう、いいよ」

清は村井の手を振りほどくと、一目散に駆け出した。

「野呂！　待てよ！」

清は構わずに走った。

「あいつ、おれのこと野呂って呼んだ……。村井なんか、もういい、あんな奴！」

グズラと呼ばれなかったことは決定的だった。清は夕陽を背に受けながらいつまでも走り続けた。

七

　このところ、北見先生の様子が変だった。学校を休むようなことはなかったが、英語の授業はまったく北見先生一人で進められた。北見先生がジャック&ベティを自分で読み、それを訳し、エクササイズの解説をした。教える意欲を失っているかのような、北見先生の態度だった。

「尺とり、元気ねえなあ……」

　授業を受けずに小説を読んでいる清にも、それと分かるほど北見先生は悄然として見えた。

　休み時間に南が来て、清の耳元で言った。

「木村さん、北見先生の塾やめたらしいわ」

　久しぶりに南に声をかけられた。何と答えようかと迷っている間に、南は席に戻っていった。みんなと一緒になって清を避けていた南を責める気持には、不思議とならなかった。

翌朝は下駄箱で文子に肩を叩かれた。

「清君、元気?」

どうやら、南も文子も武装を解いたらしい。それにしても、よくシャアシャアとそんなことが訊《き》けたもんだ、まったく!

「ねえねえ、南から聞いたでしょ、木村さんが塾やめたって」

「ああ」

「ところがね、高田君や大島君もなんだって。他の人もどんどん、やめていってるみたい」

「どうして」

「よく知らないけど、北見先生のこと教育委員会で問題になってるんだって」

「尺とり虫、何かやったのかよ」

「奥さんが酒場で働いてるでしょ、そのことじゃないかしら」

前に南が言ってた、アレか。

「それにね、やっぱり塾のこともいけないらしい。先生がお金とって学校以外で教えるの……」

「ふうん。それで最近あいつ、しょげてるのか……」

一時間目は数学だったが、いつもは時間に正確な野中先生が今日は三十分も遅れて教

室に入ってきた。野中先生は厳しい表情で、

「職員会議が長引いてしまいました」

とだけ言い、すぐに授業に入った。

それから四、五日すると、北見先生が学校を辞めるという噂が生徒の間で広がった。中には、辞めるのではなく学校を辞めさせられるんだ、としたり顔で言う者もあった。

教育委員会や職員会議で妻のことや塾のことが取り沙汰され、問題視されたため、北見先生は嫌気がさして学校を辞めるというのが、最も真相に近いようだった。

北見先生がいよいよ今日で辞めるという日のことだった。授業を少し早めに切り上げた北見先生は、清たちを前にして話しだした。

「みんなも知っているだろうが先生は今日限りで学校を辞めることになった。これが最後の授業だ。短い間だったが、いろいろあったな」

同意を求めるように北見先生は、清を、村井を、黒田を見た。目が笑っていた。

「このクラスには少々手古摺《てこず》らされたが、それもいい思い出だ……。……先生は誰かに教師を辞めさせられるわけではない。これだけは、はっきり言っておきたい。英語塾を先生がやっていたのは、考えがあってのことだ。英語は日本語と違って、国際的に通用する言葉なんだ。これからは日本人もどんどん海外に出て、外国人に自分の考えを外国語で話せるようにならなくてはいけない。英語ぐらい喋れなければ、日本人は世界から

置いてきぼりをくらってしまう。そう思わんか?」

清もさすがに小説を読んでいるわけにはいかず、じっと耳を傾けた。

「英語を身につけるには、いまの中学校の授業では少なすぎるんだ。だから先生は塾で、英語の好きな者にもっと英語を教えようと思った。

この学校では、中学校を出て就職する者が約三分の一いる。つまり三人に一人は中学だけの勉強で世の中に出ることになる。先生はこういう者たちにも英語を話せるようになってほしいと思った。中学を卒業して就職したら、英語をやる機会はほとんどない。だから塾を開いた頃は、三年生の就職組の者だけを対象にして教えていた。

しかし、そのうち塾の性格が変わってしまった。まあ、変えたのは先生自身でもあったわけだが……。いずれにしても、偉そうなことを言ったところで金を取って教えてたんだから、弁解もいいとこだな。そう、金をほしかったことも事実だ。だから、申し開きのしようがない。指摘されるまでもなく、教師が学校の外で金を取って教えるのは、よろしくない」

北見先生の口調がやや、しんみりしてきた。

「先生、北見フルブライトのこと、話してもいいですか?」

木村理恵子だった。

「……うん、でも、いいよ。そんなことは」

理恵子は立ち上がって、話し出した。

「私、北見塾に行ってました、月謝払って。でもみんな聞いて。塾生の中には、月謝免除の人……私たちは北見フルブライト生と呼んでいましたが、そういう人もかなりいたんです。三年生で、高校に進学せず、進路を就職と決めた人は全員この北見フルブライト生でした。あと、塾で学期ごとにやる学力テストで、三番以外に入った人も」

ほら、掃除当番のことで二人でやり合った日、あの日に学力テストがあったの——理恵子は文子のほうを振り向いて言った。

「私、せっかく当番替わってもらったのに、あの日どうしても塾に行く気になれなくて、とうとうテスト受けなかったんだけど……北見先生の教え方は分かりやすいし、北見先生が好きなんです。それなのに……」

理恵子は声を詰まらせた。

「私や大島君、高田君なんかが塾をやめたのは、教育委員会で北見塾のことが問題になっていると聞いたからです。私たちはもっと塾を続けたかったけど、北見先生に迷惑がかかることになるんじゃないかと思って……私たち塾の子だけで話し合ったんです。フルブライト生はともかく、私たちはやめるしかないって……。

先生、辞めないで下さい！　学校辞めないで！」

理恵子が泣いて訴えるのを見て、「もしかしたらおれは北見先生のこと誤解してたのかもしれない」という思いが清の中に湧き上がってきた。

北見先生は理恵子が泣き崩れてしまったので、当惑の表情を見せた。

「先生、辞めなくっちゃいけないいんですか」

「辞めないで下さい、北見先生」

あちこちから声が上がった。

清は居てもたってもいられない気持だった。気がついた時には立ち上がっていた。

「どうした、野呂」

「……」

北見先生が、立ち上がったきり何も言わない清を怪訝《けげん》そうに見た。

「何か言いたいことがあるのか」

清は何か言わなければ、と気が急《せ》いた。

「……なんで先生が学校辞めなけりゃいけないんだ。塾がいけないっていうなら、塾をやめればいいじゃないか。奥さんが働いてるのが悪いなら店をよせばいいんだ！」

自分でも何を言っているのか、よく分からなかった。

「学校を辞めることないよ！」

「女房のことは関係ない」

北見先生は静かに、しかしぴしゃりと言った。

「そんなことより野呂、いままではともかく新しい先生が来たら、ちゃんと勉強しなけりゃ駄目だぞ。英語は一日一日努力を積み重ねていくものなんだから、後から遅れを取り戻すのに苦労するぞ」

北見先生は「席に座りなさい」と清の肩に手を置いた。

「英語は大切な教科だということを、一人一人肝に銘じてほしい。先生の授業はこれで終わりだ。いろいろ迷惑をかけてすまなかった」

北見先生は黒板に大きく、See you again! と書き、生徒に向かって一礼した。

「野呂、後で職員室に来なさい」

最後にそう清に言い置いて、北見先生は教室を出て行った。

放課後、清は職員室に行った。北見先生はきれいに片付いた机の前にポツンと座っていた。

「先生……」

「おう、来たか。いいか、野呂、さっきも言ったけど、英語もしっかり勉強しろよ。はい、これは君へのプレゼントだ」

四角い小さな包みは、持つと意外に重かった。

「おれに……？　本ですか？」

北見先生はうん、と頷き、微笑んだ。

「ありがとうございます」

「ところで、君の家の裏に小室君が住んでるんだってね」

「えっ、先生、佳世ねぇちゃんのこと知ってるんですか」

「病気、具合どう?」

「あんまり、よくありません」

「そうか……心配だな。小室君、小室佳世さんは、大学の後輩なんだ」

「……!」

佳世ねぇちゃんが?

「大学って、まさか……」

「外語大の後輩だよ」

清は頭が混乱してきた。

北見先生への別れの挨拶もそこそこに、清は家に飛んで帰った。

包みは、コンサイスの辞書だった。英和と和英の二冊ある。英和辞典の表紙を開けると見返しに「君は人に負けるのは大嫌いだろ? 俺もそうだ。英語は三日やって一日休む分にはいいが、一日やって三日やらなければ忘れてしまう。野呂、頑張れ! 北見」

と書いてあった。

清は辞書を持って佳世の家を訪ねた。

「あ、清君、学校は終わったの。ココア飲む?」

佳世は清をソファに座らせて、バンホーテンを入れた。

清は佳世の部屋を見回した。

「……やっぱり、本当だったんだ」

本棚の半分は洋書で占められていた。何で今までそれに気付かなかったんだろう。

「何がやっぱり、なの?」

佳世はテーブルにカップを置いた。

「どうぞ、飲んで」

清は黙って、北見先生からもらった辞書の見返しを開いて、佳世に見せた。

「フフッ、北見さんらしい」

「北見先生と同じ大学出たくせに、何でおれに手紙を訳させたんだ」

「ゴメン。だけど、その前に、どうしたの、この辞書、北見さんに何かあったの?」

清は北見先生が学校を辞めることになった経緯《いきさつ》を話した。

「そうだったの……ちっとも知らなかった。北見さん、女房のことは関係ないって言ったの」

「佳世ねぇちゃん、あの眼鏡に会ったことあるのか」

「うん、二、三度はね。北見さんの前の奥さんは私のクラスメートだったから、よく知っているんだけど」

「前の奥さん？」

「香織さんっていうの。香織さんは長男の進君を産んだ後、肥立ちが悪くてあっけなく逝《い》ったの。当時、北見さんは東京・飯田橋の中学で教職に就いていたけど、男手ひとつじゃ乳呑《ちの》み子を育てることは難しいでしょ」

やむなく故郷《くに》にいる北見先生のお母さんに進君を預けたのだが、

「進君が病気になっちゃったの。腎臓病でね、身体中浮腫《むく》んで……。病院に連れて行ったら、人口透析が必要だと言われたんですって」

入院させるんだったら田舎より東京のほうがいいというので北見先生が手元に引き取ったという。

「いまの奥さんは、その病院で付添さんしてた人なのよ。北見さんは学校があるから、進君の世話も思うにまかせないでしょ、かといって付添いの人を雇うほどのお金はないし。見るに見かねて、隣の病室の付添さんが何くれとなく面倒を見てくれたらしいの。北見さんよりかなり年上だっていう話だけど、さいわい進君も懐《なつ》いているし、それで再婚する決心がついたみたい」

「それが、あのメガネなのか……」

「人工透析って、すごくお金がかかるのよ。北見さんが塾やってるのも、正直なところお金のためだと思うわ。北見さん、月曜から土曜までは学校が済んでから塾でしょ、日曜日も東京の駿河台で予備校の講師をしてるんですって。奥さんだって、好きで働きに出たんじゃないはずよ。やっぱり経済的なことで、やむにやまれず働きに出たのよ、きっと」

「おれ、ちっとも知らなかった。子供のことも、その子が病気にかかってることも、メガネのことも……」

「奥さんも偉いわよ、自分の子供じゃないのに一生懸命ですもの。北見さん、奥さんに感謝してるはずよ。だから、奥さんが酒場で働いていることが理由で学校を辞めさせられるんだ、なんて言われることに耐えられなかったんだわ」

「これから先生、どうするんだろ」

「そうね……いま行ってる駿河台の予備校の専任講師になるのかもしれないわね」

佳世はちょっと遠くを見る目つきをした。

「あの頃は楽しかったな、みんな若くて元気で。北見さんに香織さん、それとあの人、私……四人でいつも一緒だった」

「あの人？」

「大学時代に付き合ってる人がいたの。卒業したら結婚する約束してたわ。でも、私の両親が彼の身元調査をして……猛反対したの。体面を気にしたのね、彼に会おうともしなかった。結局、私は反対を振り切って彼と一緒に暮らし始めたんだけど……」

佳世は間をおいた。

「清君、音楽好き？」

「音痴だけど、嫌いじゃないよ」

佳世は部屋の隅に立て掛けてあったケースを取ってきた。

「これ、分かる」

「バイオリン？」

「同じ弦楽器だけど、チェロよ」

「チェロって」

「そうね。バイオリンより大きいのがビオラ、ビオラより大きいのがこれ、これより大きいのがコントラバス」

「知らなかった」

「そうよね。でもそのうち教わると思うわ。彼ね、チェリストだったの。この楽器を弾く人のこと言うんだけれどね」

「音楽家だったんだ」

「そう。彼は音大だったの。私も小さい頃からバイオリンやビオラやっていて。それが縁で知り合ったの」

「じゃあ、佳世ねぇちゃんも弾けるの」

「少しね」

清はためらいがちに言った。

「聴きたいけど、病気だから駄目だよね」

佳世は小首をかしげて、そうね、と言ってケースを開いた。

佳世は音合わせをしながら言った。

「パブロ・カザルスという有名なスペインのチェリストなんだけど、知らないわよね」

「うん」

「少年期ってすごく大事よ。清君」

清には佳世が何を言おうとしているか分からない。

「カザルスが少年のときのことよ。マドリッドだったかな、古本屋さんで一冊の本を見つけたの。それがバッハのスコアだったのよ」

バッハのことは学校で習ったことがある。

「スコアって何」

「楽譜。ずっと長い間誰にも演奏されなかった曲のスコアだったの。カザルスは大人になってから、二百年ほど前のその曲を演奏したのよ」

「すごいね」

「そうよ、清君もいまが大事よ。それはともかく、その曲が無伴奏チェロソナタ一番ト長調よ。先に言っておくけど、この曲は弾けないからね」

「じゃ、他の」

「そうね……チェロらしいのね。うーん。じゃ、サン・サーンスの組曲から『白鳥』かな」

佳世は緊張気味に弾き始めた。

演奏を聴いていると、湖の上に浮かぶ白鳥が見えるようだった。

佳世は深呼吸をして、「どう」といった。

清の心はこれまでに一度も感じたことがない豊かなものに包まれていた。

「すごい。佳世ねぇちゃん、すごい」

「褒めてくれたから、もう一曲やっちゃおうかな」

「お願いします」

佳世は遠くを見ているような目つきをした。

「エレジー……フォーレという作曲家よ」

清はソファの上に座り直した。

「チェロとピアノの曲よ。じゃあ聴いて」

佳世は清の目をじっと見てから弾きだした。

清は胸が締め付けられるような思いに駆られた。佳世がいまにも目の前から消えてしまいそうな、捉えようもない悲しみが清を襲った。佳世ねぇちゃんの病気は治らないのだろうか。清は涙が目からこぼれないように、目を大きく見開いてこらえた。

「哀しい曲でしょ。ごめんね。上手く弾けなくて……」

「悲しいけど美しすぎる」

「そうか。面白い表現ね。フォーレって愉快な人よ」

「何で」

「三人の女性の中から奥さん決めたの。女性の名前を紙に書いて三つのシルクハットの中に入れてね。誰にしようかなって……変な人、でも面白いでしょ」

「いつ頃の人」

「エート、十九世紀半ばに生まれて、この曲は一八八二、三年頃かな……ちょっとごめんね」

佳世は苦しそうに顔をゆがめ、咳をした。

「大丈夫?」

「平気、平気。そうそう。清君、あだ名はグズラだったわよね」

「ぐずで……」

「そんなことないわよ。あのね。フォーレより二十年ぐらい後の人だけど、ロシアにね、グラズノフという作曲家がいたのよ」

「グズラノフ？」

「グラズノフ、ちょっと違うか。でも、似てるからさ、清君、作曲の才能あるかもよ」

「そんな。でもさ。ロシアってさ、怖い国だって、誰かから聞いたけど、そうでもなさそうだね」

佳世は、フッフッと笑ったようでもあり、顔を歪めたようでもあった。

「少し横になろうかな。清君、ちょっと肩かしてくれる」

清は佳世の背中に腕を回して、静かにソファに寝かせた。佳世の身体を横から抱くような形になってしまい、清はドギマギして顔が赤くなった。佳世の身体は柔らかく、何かいい匂いがした。

「どうもありがとう。やっぱり横になったほうが楽だわ」

佳世の言葉で、清は、そうだ、佳世ねぇちゃんは病気なんだ、と一瞬熱くなった気持を恥じた。

「グラズノフの曲、彼好きだったなぁ」

「彼って？」

「ほら、一緒に住んでいた……でもね、いま考えてみると、私もいけなかったの。家族や親戚から大反対されたでしょ、それで頑《かたく》なになっていたのね。周囲《まわり》がみんな敵のように見えてきて……私、あの人を縛りつけるばかりで包み込むような愛情に欠けてたんだと思う。半年もしないうちに、彼は出ていっちゃった」

清は、前にも一度、佳世からこんな話を聞いたことがあったような気がした。

「私、両親を怨んだわ。父や母が余計なことさえしなければ、幸せになれたのにって、それしか考えなかった。一人にはなったけど、もう家には戻るつもりはなかったし、戻れないでしょ、縁を切るって言われちゃったんだもの。一時はずいぶん、荒《すさ》んでたわ……私ね、人からパンパンって言われても仕方ない生活してたの。日本人ばかりじゃなくて、なまじ英語が出来るもんだから米兵ともいろいろあったし。翌朝目を覚ますと相手はもういなくて、枕元にお金が置いてあったり、ね……そんなこと続けてたら、結局、男の人は私の身体目当てに近付いてくるんだ、そういう考え方しかできなくなっちゃった」

清は佳世が傷《いた》ましくて、これ以上話を聞いていることが辛くなった。

「佳世ねぇちゃん、長く喋ると疲れちゃうよ」

「いいの、大丈夫。ジェームスと知り合ったのは、横須賀線の中でなのよ。ジェームスったら、横須賀にはどう行けばいいのかって私に聞いてきたの、知ってるくせに。外人はよくガールハントの時こういう手を使うのよね。私、魂胆は分かっていたけど、ちゃんと教えてあげたの、英語で。ジェームス、何度もお礼を言ってたわ……そしたら、半月ぐらい経ってジェームスが仲間と一緒に、私が勤めてたお店に偶然来たの。横須賀の外人相手のバーで働いてたのよ、私」

「びっくりした?」

「どこかで見たことあるなとは思ったんだけど、劇的な再会とまでは言えなかったわね」

「おはようは?」

「バーボン飲みながら私の顔見てるうちに、思い出したみたい。それで、ああ、あの時の、ってなったの」

　佳世はまた低く、そして今度は唸るような咳をした。

「……そうなると、普通の米兵は……この前教えてあげたでしょ。Come on, Come in なのね。ジェームスはそうじゃなかった。それからよくお店に来てくれるようになったんだけど、いつもバーボン飲みながら故郷のオハイオの話とか家族のこと、子供の頃の話なんかをするの。時には歌を歌ったりね。そのうちデートするようになって、猿島や観音崎灯台とか油壺にも行ったわ。清君、衣笠公園知ってる?　桜が綺麗なところ。春にね、そこにお花見に行ったの、二人で。ジェームスは桜の木の下で、私にプロポーズしたわ、結婚してほしいって。私、がっかりしちゃった」

「なんで?　嬉しくなかったの?」

「前に、結婚を餌にお金を巻き上げられたことがあったから、そんなこと言われても簡単には信じられないのよ。ジェームスも私を騙すつもりじゃないかって疑ったのね」

「それじゃ、おはようが可哀相だよ」

「そうなの。私がはぐらかしたり、返事を渋っていたら、ジェームス言ったの……僕は黒人だし、オハイオの家だって決して裕福じゃないけど、カヨコを幸せにする自信はあるよ、僕はいつまでも待ってるからって」

「佳世ねぇちゃん、何て答えた?」

「あなたが日本にいる間は、私はあなたと一緒にいます、って……。ジェームスはオハイオに帰る時はカヨコも絶対に連れていくって言って、すごくはしゃいでね。その夜、私たち初めて結ばれたの」

佳世は照れくさそうに笑った。

「私、ジェームスといると心が安らぐのよ。自分が一番自然でいられるの。こうして世帯の真似事をしていると——ジェームスには兵役があるから世帯なんてもんじゃないけど——彼がいつも話してくれるオハイオで、一緒に生活できたらなって思うこともあるわ。……だけど、こんな身体になっちゃったら、お終《しま》いね」

「何言ってんだよ。すぐに治るよ」

「そうね……そうだといいわね。清君、やさしいね。死んだ弟もやさしかった——さっき清君、どうして英語を訳させたって怒ってたけど、清君、弟に似てるの。最初に会った時からそう思ってたんだ。そしたら、ほら、徳屋で会ったでしょ。何とか友達になりたくなったの。英訳はその口実。あの手紙、すごく易しかったんだから」

清は、頭をボリボリ掻くしかなかった。

「訳を見て、驚いちゃった。だけどたいしたもんよ。詩を写してくるなんて。ちょっと考えつかないもの」

「……ごめん」

「謝ることないわよ、楽しかったもん。あの後ね、実は北見さんに駅でばったり会ったの。話をしているうちに、清君が北見さんの教え子だって分かって……清君は授業をボイコットしてるっていうじゃない、それも私の手紙が原因みたいだし、私、責任感じちゃった。でも、北見さんは清君が自分で気がつくまで放っておくしかないって言うから、それもそうだと思って、そのまま知らん顔して手紙の訳を引き続き頼んだのよ。二度目のね、まったく読んでないでしょうけど、何て書いてあったか教えましょうか」

「何て書いてあった？」

「フフッ、清君が訳したことになってるんだから、何て書いてあった、はないわよ。いい、あの手紙には――コラッ、清。勉強しないと後で困るぞ、泣きっ面しても知らないからね――まあ、そんな内容が書いてあったのよ」

「ひでえな、佳世ねぇちゃん」

「ひどいのはお互いさま。読もうともしなかったんだから。そうそう、この前の、ほら、タイプのはよく訳せてたわ。もっとも一人でやったんじゃないでしょ?」

「ひゃあ、そこまでお見通しか」

「それでも清君が英語をやる気になった証拠だもん。私嬉しかった。ジェームスに頼んで、読みやすいようにタイプ打ってもらった甲斐があった」

清は胸が熱くなった。温い水が胸からだんだん首のほうに上り、目から溢れ出てきそうな気がした。

「どうしておれのこと、そんなに考えてくれるの?」

「清君見てると実の弟みたいに思えちゃうのよ」

「おれ一人っ子だから、頼りになる兄ちゃんややさしい姉ちゃんにずっとあこがれてた。きょうだいっていいな」

佳世はつらそうな顔で俯《うつむ》いた。

「弟の耕治は私が殺したようなものよ……朝、耕治が風邪気味で頭痛がするって言ったんだけど、私が頭に手を当てたら平熱みたいだったから、地区大会も間近だし頑張らないとレギュラーになれないわよってハッパかけて、送り出しちゃったの。ところが午後から熱が出てきて、練習が始まる頃にはフラフラだったらしいわ。熱があると動作が緩慢になるでしょ、監督から何モタモタしてるんだって百本ノックを二回命じられたんですって。途中から雨が降ってきたのに最後まで続けて……練習終わって家に帰ってきた時には四十度もあったの」

「四十度……。おれ、この前風邪ひいた時に熱が出て苦しかったけど、そんなにはなかった」

「その夜は母が熱冷ましを服《の》ませて寝かせたんだけど、翌朝はなおひどくなって……あわててお医者様を招《よ》んで診ていただいたら、肺炎だというのですぐ入院……でも、駄目だった」

涙で佳世の話は途切れがちだった。

「野球部の監督さんを責めたところで、弟が還ってくるわけでなし、誰より悪いのは私なんだもの……私があの朝、学校に行かせなければあんなことにならずに済んだのよ。後悔しても、し足りない……」

「佳世ねぇちゃん……」


音楽室に置いてあったフルートが失くなった。ブラスバンド部員の楽器だ。その日、音楽室を最後に使ったのが一年C組、清たちのクラスだった。担任の坂本は生徒を一人ずつ別室に呼んで状況を訊いた。

「困ったもんじゃね、野呂、おまん何ぞ知っちゅうことないかや」

「いいえ。何も心当たりがありません」

「そうか……ほんなら、思い出したことでもあったら、いつでもいいきに先生のとこまで言うてくれ」

クラス全員が一通り坂本から話を訊かれた後に、西富だけもう一度呼ばれた。

「やっぱりね」

「この前のホッピングやラジコンもそうじゃねえか」

「俺もあいつじゃないかと思ってたんだ」

清はそこかしこで始まったヒソヒソ話を哀しい思いで聞いていた。ニンニク食べてるから病気なんてうつらないよ、そう言って、独りぼっちの清に声を掛けてくれた西富の笑顔が、瞼《まぶた》に浮かんだ。清はどうしても西富が盗みを働いたとは考えたくなかった。

西富、誰が何といおうと、おれはお前を信じてるからな。

清は「西富が盗《や》った」としたり顔で話しているクラスメートを横目で睨みながら、心の中で言った。

翌日、西富は学校に出て来なかった。西富が欠席したことで、一年C組の大半の者は西富が盗んだものと結論づけているようだった。

その次の日も西富は学校を休んだ。

西富、お前何で学校に来ねえんだよ、このままじゃ、お前、犯人にされちまうぞ……。

清は悩んだ末に、西富の家に行くことにした。以前、西富から聞いた話を頼りに心当たりを歩き回った。小一時間かかってようやく、標札代わりの板きれに「西富」と書いてある粗末なバラック造りの家を探し当てた。

「これ何て書いてあるのかな……朝鮮の言葉かな」

清は「西富」の下に書かれた見慣れぬ文字を指でそっと擦《なぞ》った。

清が家の前を行ったり来たりしていると、何処から現れたのか男が三人、清を取り囲んだ。

「アンタ、ダレ」

頬骨の高い痩せた四十年配の男が訊いた。

「野呂です」

「ナニカ、ヨウカ」

「西富君に会いに来ました」

「会ワナイ、会ワナイ、アンタタチ、ニホン人キタナイ。ハヤク、カエレ」

「……」

「アンタドウナッテモ、イイノカ？　カエラナイト、大変ナコトニナル」

他の二人は何も喋らず、腕組みをして無表情な目で清を見ているだけだが、むしろこちらのほうが不気味だった。

清は二、三歩、後ずさりした。しかし、このまま西富に会いもしないで戻るわけにはいかなかった。

「西富君！」

思い切って、大声で叫んだ。

家の中はしんとしている。

「西富君、おれだよ、野呂だよ。いないの？　いるんだろ、出てきてくれよ！」

やっぱり返事がなかった。清は粘り強く、なおも叫んだ。

「西富、鉛筆野球またやろうぜ！」

家の中から、諍《いさか》うような声が聞こえてきた。三人の男たちはそれを聞くと、清に詰め寄り、腕や肩をつかんだ。恐怖が清の喉元に突き上がってきた。逃げようにも、足が一歩も前に出ず、清は立ち竦《すく》んだ。

恐怖のあまり、清が叫び出しそうになる寸前、戸が開いて西富が出てきた。西富は男たちと朝鮮語で何か話すと、清に「浜に行こう」と言った。

砂浜に腰を下ろして、長い間、二人とも冬に向かう秋の海を見ていた。

白い波が浜の砂を打っては反《かえ》っていった。大きな波がいくつも、いくつも反っていった。

西富は黙りこくったまま、海を見ている。清は自分のほうから話しかけなければと思いつつ、きっかけをつかみかねていた。寄せては反す波の音が、心臓が脈打つ音と重なった。清の心臓の鼓動が激しくなった——おれのほうから何か言わなくちゃ、おれのほうから……。

「西富……」

しばらく経って、西富が前を向いたまま「うん」と言った。

「ねえ、石投げしないか」

清はそんなことを言い出した自分が忌々しかった。もっと他のことを言うはずだった。

「嫌だったら、いいけど」

「ううん、やろう」

西富は立ち上がって渚の石を拾うと、海に石を投げた。

石が海面に当たり、大きく撥《は》ねた。撥ねた石は水面に落ちてそのまま沈んでしまった。

清が投げた石は三回撥ねて沈んでいった。

「もう一回やろう」

西富は身を屈めるようにして、渚を歩き回っていたが、やがて「あった!」と大きな声を上げ、清のところに戻ってきた。

今度は石が海面を滑るように跳んでいって、いったん海面にチョンと当たった後に、チョン、チョン。チョンと四回も撥ねた。

「わあ、五回。すごいや」

西富は誇らしげな表情をみせ、「さあ、今度は野呂君の番だ」と清に言った。

清の石は、ちょうど波頭にぶつかってしまい、一度も撥ねずに沈んだ。

「チェッ、失敗、失敗。もう一回ずつやろうよ」

「いいよ。先に投げるよ」

西富が投げると石は七回も海面を撥ねた。

清は石がトントントンと撥ねていく様を、信じられない思いで見ていた。

「すげえ！」

こんなに石投げがうまくては、何度やっても西富に勝てないと、勝負を諦めた。

「すごくうまいね！」

「一番最初はオイラが負けたよ」

「まぐれだよ。本当に西富、君、うまいなあ」

西富は少し寂しそうに微笑み、その場にしゃがんで片手で打ち寄せてくる波と戯れた。

「小さい弟や妹がいるだろ、オイラ、子守りしなきゃならないし、一緒に遊ぶ友だちもいないから、よく弟や妹を連れてこの浜に来るんだ……海見てると、飽きないし……」

「おれも、海が好きだよ」

「いいよね、海って。オイラ、海にいろんなこと話すんだ……海はじっとオイラの話を聞いてくれて、一緒に怒ったり笑ったりするんだよ。そうかと思うと、励ましてくれたり、叱ってくれたり……ホント、波の音っていつも違うんだから」

西富は海を唯一の友達にしてきたのかもしれない——清は西富の孤独を思うと、切なかった。

「石投げが上手くなるコツ、おれにも教えてくれよ」

「石投げ？　うん、いいよ。まずね、石選びが大事なんだ。平らな、角のない石を探して——角張ってると、滑らないからね」

ようやく、西富の顔が明るくなってきた。

「こんなのでいいの？」

「まあまあかな。そしたら、石をこう持って……海面に平行になるように腰を折り曲げるんだ。そう、低い姿勢になって投げればいいんだよ。やってみなよ」

清の投げた石は三回撥ねて、沈んだ。

「あ、それと、川じゃないから、波の動きもよく見ないとね。ほら、さっきみたく跳ばずに沈んじゃうことあるだろう、あれは波のうねりで失敗しちゃうんだ」

清は西富と並んで海に向って石を投げながら、西富から自分にはない逞《たくま》しさを感じた。しかし、強くならざるを得なかった西富のことを考えると、どうにもやりきれなく、胸の塞《ふさ》がる思いだった。

沖合いにクルーザーが見えた。

「あーあ！　あの船に乗って、海の向こうのアメリカにでも行っちまいてぇよ」

「父ちゃんや母ちゃんの国にも行けるかな……」

「西富……」

「……何でオイラが疑われなきゃならないんだ。日本人じゃないから？　朝鮮人だからか？」

「おれは西富のこと疑ってなんかいないよ」

「みんなはオイラが犯人だって思ってるさ。先生に一人だけ呼ばれたんだもんな」

「坂本先生に何て言われたんだい？」

「授業が終わってから君がもう一度音楽室に入るのを見た者がいるが、その通りかって」

「それで？」

「入ったのは事実だから、本当ですって答えた。机の中に筆箱を忘れて、それを取りに行ったんだ。中学入る時に買ってもらったばっかりだろ、失くしたって新しいのは母ちゃん買ってくれない」

　清は西富の筆箱に並んでいたチビた鉛筆を思い出した。

「だけどオイラ、音楽室には入ったけど、フルートなんて盗ってない！」

「分かってる」

　清は西富のことを坂本に告げ口したのは誰なのか気になった。一年C組と音楽室は離れている。用もないのにそんなところをウロウロしていた奴こそ怪しくないか……。

「誰だろう、坂本先生に言ったの」

西富は口を真一文字に結び、海の彼方を見つめて首を横に振った。

「オイラ、知らない」

だが、清は西富が本当は知っているような気がしてならなかった。

「西富、学校に出てこないと疑われる一方だぜ。人から何と言われようが、盗ってないんだから、明日から学校に来いよ。おれ、このまま君が疑われてるの、嫌だよ。二人で真犯人見つけようぜ」

「ありがと。でも、父ちゃんが……」

西富から話を聞いた父親が「もう日本人の学校なんか行くな！」と怒って、学校に行かせてくれないのだという。

「父ちゃんが駄目と言ったら、駄目なんだ。だから、もうすこし、学校行くのよす」

その夜、清は蒲団の中に入ってからも、どうしたら西富の力になってやれるか、考え込んでいた。

八

朝、山中は教室に入るなり、家から持ってきた新聞を両手で大きく広げて皆に見せた。

若乃花の長男が死亡

――チャンコ鍋で大火傷をして――

大見出しが目に飛び込んできた。清はショックのあまり授業が始まっても何も頭に入らなかった。

落ち込んだ気分を思いきり体を動かすことで振り払いたかった。

清は昼休みになるのを待って、村井に「相撲をとらないか」と誘った。ちょっとした目論見もあった。

村井は久しく話をしていない清から突然相撲をしようと言われて面くらっているようだった。

「相撲取ってどうすんだよ」

「三回戦勝負で、二回おれが勝ったら、おれの言うことをきいてくれないか」

三連勝は無理だとしても、二回はどんなことをしても勝ってみせるつもりだった。

「どんなことか言ってみろよ」

「おれが勝ってから言うよ」

「もし負けたら？」

「一か月間、学校からお前の家まで、鞄持って帰ってやる」

弁当を食べるのもそこそこに、校庭のはずれにある土俵に行った。

黒田が行司、山中が審判をすることになった。

一戦目、清は何なく村井に押し出された。

二戦目も危うく突き出されそうになったが、よろけながらも右四つになり、持ちこたえた。村井が重心を移そうとした瞬間を狙って清は上手投げをかけた。タイミングがよかったのか、村井は土俵にもんどり打った。

一勝一敗で三戦目を迎えた。いよいよ勝負だ。

「どっちも頑張って」

南の声がした。

いつの間にか南と文子が近くで観戦していた。

村井と清はがっぷりと四つに組んだ。清がようやく諸差《もろざ》しになったのも束の間、すぐに巻き返された。村井は力まかせに清をぐいぐい一直線に押した。清はもう駄目だと思い、一《いち》か八《ばち》か土俵際ですくい投げを打った。

村井の左手が付くのが早かったか、清の足が土俵を割るのが早かったか、難しいところだった。

首をひねって考えながら、黒田が「村井が勝ったようやな」と軍配がわりの卓球のラケットを村井に上げた。

「いや、俺の手のほうが早かった」

村井が言った。

審判の山中は皆を見渡して言った。

「ただいまの取口を、分解写真でもう一度見ますと……」

「何、それ」

南が聞いた。山中は、テレビでやってんだろ、ほらNHKの中継で、と言って、「行司差し違えで、グズラの勝ち」と行司役の黒田に頷いた。

村井が自分から負けを認めたからだ。清は村井が勝ちを譲ってくれたのが分かった。

改めて、黒田が清に軍配を上げた。

「さあ、負けたからよ、言うことをきくぜ、何でも」

清はまだ息を切らしながら、「西富のことなんだ」と言った。

「あいつ、絶対に人の物を盗むようなことしないよ。フルート盗った奴、他にいるに決まってる」

村井は「うん」と頷いたが、清の意見に同意しているわけではなさそうな口ぶりだった。

「おれさ、みんながおれを除け者にした時に西富だけが話しかけてくれたから庇《かば》うわけじゃないけど、あいつが犯人だとは思えないんだ」

南と文子は、まともに清の顔を見ることが出来ないとみえて、下を向いた。

村井が言った。

「グズラ、嫌な思いさせて、悪かった。俺たち……」

「そのことは、もういいんだよ。そんなことより、おれ、あいつの疑い晴らしたいんだ。それで、みんなにも協力してもらいたいと思って……」

どうかな、と清は五人の顔を見回した。

「いいわ、私、手伝う」

南が言うと、他の者も同意した。

「だけど、グズラ。何か手がかりあるのかよ?」

山中が言った。

「ない。だけど……」

清は西富が音楽室に筆箱を取りに戻ったこと、それを見て誰か坂本先生に言い立てた者がいることを話した。

「西富君が音楽室に入るのを見たってことは、その人も音楽室の近くにいたのよね」

「中にいた可能性かてあるなあ……」

黒田が言った。

「それなんだよ、おれが言いたいのは！」

「うーん……」

村井が腕組みをした。

「誰なの、それ？　その人、何の用があってそこにいたの？」

文子が聞いた。

「知ってりゃ、苦労しないよ」

村井は、分かった、と言うと、組んでいた腕を開き、両手に握り拳をつくって言った。

「よし、グズラ。じゃあ、それから調べようぜ」

「頼むよ」

放課後、清は職員室に坂本先生を訪ねた。

「先生、フルート盗った犯人、どうなりました？」

「調査中じゃ」

「先生も西富のこと犯人だと思ってるんですか」

「野呂は何でそんなことを言うがぜよ」

「みんな、西富が休んでいるから、犯人だと決めつけているんです。でも、絶対に西富は無実ですよ、先生」

「そんな噂が立っているがか。困ったのう」

「おれ、昨日、西富に会ってきました……あいつが学校に出てこないのは、お父さんが反対しているからなんです。坂本先生、西富のお父さんに会って、西富が学校に来ることを許してくれるように話してもらえませんか」

清は坂本先生に向って頭を下げると、職員室を出ていった。


一通の手紙が清の家に届いた。宛名は野呂富江様――差出人は東京都杉並区大宮前の小室淑子となっていた。

「母ちゃん、手紙だよ」

「あ、やっと来たね」

富江はすぐに封を開け、手紙を読み始めた。読み進むうちに富江の顔が曇った。

「どうかしたの」

「佳世さんの実家に、病気のことを知らせたんだけど、そんな娘には心当たりがない、何かの間違いじゃないかって。佳世という娘は確かにいたけれど、何年も前に亡くなったって書いてある」

「母ちゃんは前に、佳世ねぇちゃんが父ちゃんが世話になっていた家のお嬢さんだって言ってたけど、やっぱり人違いじゃないの。ね、その小室淑子って人が本当にお母さんかどうか、佳世ねぇちゃんに訊《き》いてみたら？」

「駄目だよ。佳世さんには大宮前に知らせたこと話してないんだから。それにお金持ちにはお金持ちの考えがあるんでしょうよ」

清は、自分の娘が病気だというのにどうして放っておけるのか、不思議でならなかった。病気それも肺病になった娘から、病気をうつされるのを恐れているんだろうか？　それともクロンボと付き合っている娘を恥だと思っているのか？　そもそも、佳世ねぇちゃんがおはようと付き合ってることは知ってるのかな？　母ちゃんが言ってた金持ちの考えって何だろう？

いくら考えても、一つも答えが出なかった。


次の日曜日、清は横須賀線に乗って初めて一人で東京に行った。念願のラジオの組立キットを秋葉原で買うためだ。清は何軒かジャンク屋をひやかしてから、「学習用組立キット」と書かれたスーパーへテロダインのラジオを買った。

清は秋葉原の駅でちょっと迷った末、高円寺までの切符を買った。佳世の実家を訪ねるつもりだった。住所は富江宛に来た封書から内緒で写し取ってきていた。佳世の実家に行ってどうするという考えはなく、とりあえず家の前まで行くだけ行って、後はその時考えようと思った。

清はたった一人で見知らぬ場所の、見知らぬ家を訪ねる緊張で、せっかく念願のラジオのキットを手に入れたというのに、ちっとも嬉しくなかった。高円寺が近づくにつれ、だんだん気が重くなってきた。しかし、ここまで来て行かないわけにはいかない。それに父が書生をしていた家を見たくもあった。

高円寺からバスに揺られて、大宮前に着いた。交番で訊くと、「小室さんはすぐそこにある立派な門構えのお屋敷だよ」と教えられた。

実際、大きな屋敷だった。庭も広い。ただ、庭は手入れをする人がいないのか、すこし荒れている。

清は圧倒されていた。自分の身なりがみすぼらしく思えて仕方ない。清がそれでも呼鈴を押したのは、佳世の蒼白い顔が脳裏から離れないからだった。

「ごめん下さい」

「はい、どちら様で?」

女中さんなのか、白い前掛けをした若い女が奥から出てきた。

「野呂といいます。逗子の野呂です」

父が以前世話になっていた、とは言わなかった。

「はあ、どんなご用向きですか?」

「佳世ねぇちゃん……あ、いえ、佳世さんのことで……」

「ちょっとお待ち下さい。ただいま、奥様をお呼びしますから」

若い女はそう言うと、奥に入っていった。

清は玄関口から、内部を覗いてみた。古いがどっしりした造りの家だ。父の有一はこの家に身を寄せていたのか。

しばらくすると年配の女が出てきて、気の毒そうに言った。

「ごめんなさい、坊や。奥様が佳世さんという方のことでしたら、何も伺うこともお話しすることもありませんから、って……」

文字どおり玄関払いをくわされた。バス停に向って清がとぼとぼ歩き始めると後ろから「坊や」と呼ぶ声が聞こえた。振り返ると、さっきの年配の女だった。

「坊や、これを持っていってさしあげて下さい」

「え? 誰にですか」

「持っていって下されば分かりますから」

「おばさんは誰?」

「小室の奉公人です。どうぞ、よろしくお伝え下さい……」

女はそれだけ言うと小さな風呂敷包みを清の手に押しつけ、走って戻っていった。風呂敷をほどいてみたら木彫りの小さな箱だった。蓋を開けてみた。中は赤いビロード張りになっていて宝石のついた指輪がいくつか入っていた。

「ふうん、宝石箱なのか。あ、ちょっと待ってよ、このネジ……。オルゴールか……」

清は底のネジを巻いた。トロイメライが流れ出した。

家に帰ると、清は怒られるのを覚悟で富江にその日の出来事を話した。意外にも富江は清を叱ることはしなかった。

「そうかい、これをねえ……。きっと、奥様が持たせるようにおっしゃったんだね。見てごらん、この指輪、全部本物だよ。いくら何でも赤の他人にこんなものくれやしないよ。せめて、一目だけでも会ってくれればいいのにねえ」

富江は眉を寄せた。

「だけど、これを見ただけだって、佳世さんどんなに喜ぶだろう。たぶん奥さまは、何かの時に役立てるようにって持たせてくれたんだろうからね……やっぱり母娘《おやこ》だねぇ」

月曜の朝、清が下駄箱で靴を履き替えていると、ポンと肩を叩かれた。

「あ、西富！」

「おはよう。父ちゃんが行けって……」

「うん、そうか、よかったな。さ、教室に行こうぜ」

清と西富が教室に入っていくと、先に来ていた黒田、山中が西富に声をかけた。西富は普段話をしたこともない村井までが話しかけてきたので、戸惑ったように清の顔を見た。清は西富を安心させるように大きく頷いた。西富が笑顔でそれに応えた。

西富と入れ替わりに、次の日から中川民男が学校を休み始めた。目立たない生徒だったので二、三日は誰も気にも止めなかったが、一週間も休みっぱなしとなると、時が時だけに噂がちらほら出だした。今度は犯人中川説だ。無論、清たちはその噂話には加わらなかった。

翌週、授業の初めに坂本先生が言った。

「今朝、学校の宿直室でフルートとホッピング、それにラジコンが見つかった……今日、それぞれの持ち主に返すことになったときに」

「犯人分かったんですか」

誰かが訊いた。坂本先生の口元に一瞬、ためらいの色が浮かんだ。

「いや。朝早ように置いちょったらしい」

中川が父親の仕事の都合で転校することになった、と坂本先生が告げたのはそれからしばらく経ってからだった。中川は結局、あれから一度も顔を見せていない。

「それから、中川君のお父さんから、皆さんにお世話になったお礼ちゅうことで、学校に素晴らしい贈り物があったときにお知らせしちょきます」

坂本先生は生徒をゆっくり見回しながら、「天体望遠鏡です」と言った。

すかさず理恵子が「フルートやホッピングの犯人、中川君だったんですか」と訊いた。

坂本先生は鋭い視線を理恵子に当てた。

「盗難事件と中川君の転校は関係ないぜよ。無責任な噂を立てたらいかんぜよ」

木村って女は、どうしようもねえな。分かり切ったことは訊かねえのが情ってもんだろうが。本当にまったく馬鹿なんだから……。

清は横目で理恵子を見て、ため息をついた。


一月に英語の教師が赴任してきた。北見先生の後任が決まるまでは、二年生を教えている押切先生が一年C組の英語の授業も受け持っていたが、兼務なので自習になることも多く、清でさえ新しい先生を待ちわびていたほどだった。新任の教師は大岡という女の先生で、大岡先生は自己紹介をすると「君たちも一人ずつ自己紹介してちょうだい。英語でやってもいいわよ」と言った。

順番が回ってきて清は名前だけ英語で言い、後は日本語で続けた。

「英語をずっとサボってきましたが、これからは少しはやろうと思ってます」

少し、と言うところを強調した。

「そう、頑張ってね。分からないことは、どんどん聞きに来て。大歓迎です」

その日、清は久し振りで机の上にジャック&ベティを広げた。横には北見先生からもらった辞書が置いてある。

英語の授業が終わりかけた頃、雨が降り出した。大岡先生は窓際に立つと外を指差して、「It's rainy. 雨ね」と言った。

細かい雨がやむ気配もなく静かに降り続けた。清は傘も差さずに雨の中を駆けて家に帰った。今日のおやつはジャムパンと金平糖だ。清は濡れた頭を手拭で拭いて、ジャムパンを齧《かじ》りながら金平糖を紙に包んだ。

清は佳世の家に行った。

佳世はベットに横になっていた。

「佳世ねぇちゃん、どう? これ金平糖」

「ありがとう。清君、霙《みぞれ》に変わったわね。雪になるかもしれない。雪って綺麗ね」

「サン・サーンスだったよね。白鳥……チェロの。白っていいよね」

「白は始まりの色よ。清めの色でもあるの。……そうか、清君の色だ」

「おれの色か……北見先生の後の先生きたよ。It's rainy. って言ってた」

「そう。何という先生」

「大岡先生」

「決まったのね。北見さんも安心するかな」

「北見先生、いま、どこにいるの」

「東京よ。いい先生なんだけどね」

清は、おれは反発ばかりしていて、悪かったなと思った。

「清君、ねえ、私……」

清は、佳世の笑顔を見て、笑顔は楽しいときでなくても出来るのを知った。

寂しい笑顔があるとしたらいまの佳世ねぇちゃんの笑顔がそれだ。

「ねえ、清君、今日は、私からお願いがあるの。いいかしらね」

「お願いって。おれ、お願いされても……」

「チェロ、聴いてくれる」

清には思いがけないことだった。

「聞くっていったって」

清はいまの佳世には演奏できるようには思えなかった。

「お願いよ」

佳世は清の手を支えにして起き上がり布団を出るとチェロを持って椅子に座った。

「この前と同じフォーレの作曲ね。『夢のあとに』というのよ」

「夢のあとに、何があるの」

「そうね。夢ね、夢から醒めないで死んでいく人がいてもいいのよね。ジェームスにね、舟で夕陽に向かって進んでいく、でも、そのもっと先にある朝日に向かっていることもあるよ、って言ったら、ジェームスも一緒にその舟に乗りたいって」

「佳世ねぇちゃん、病気治るよ。治るって」

「治るわよね。大丈夫……この曲のこと覚えといてね。イタリアの田舎の人が作詞したのよ。それをフランス人が訳してね。シャンソンって知ってるかしら。『枯葉』は有名だけど、『夢のあとに』はチェロの曲と言っていいと思うな」

「シャンソンは知らないい、おれ。チェロはこの前、聴いたのが最初」

「清君は正直ね。知らないことを知らないと言うのはなかなかできないけど大事なことよ……さあ、いい？」

佳世は『夢のあとに』を弾いた。三分程度の曲だった。

「ムーディでしょ。フォーレ二十歳のときの作品」

清はこっくりと頷いた。

佳世は、激しく咳き込んだ。

清は思わず佳世の背中を擦った。

「ありがとう、清君、もう大丈夫。また、今度ね」

清は音楽の授業が待ちどおしかった。

「これが戻ってきたフルート。盗まれたのではないのよ。ちょっと、お散歩してただけよ」

音楽の教師は高山先生である。生徒は陰で『お嬢』とあだ名で呼んでいる。

「先生、先生、高山先生」

清が手を挙げた。

「野呂君、何?」

「教えてほしいことがあります。カザルスのことです」

「チェロの?」

「はい」

クラスの皆が注目している。

「そうか。君たちは十三歳か」

清はこっくりと頷いた。そうだ、十三歳になったのだと思った。他にも何人かが頷いた。

「ちょっと、待ってね」

高山先生は手提げバックの中を探っていたが、あった、と言うと一冊の本を取り出した。

「えーと、……パブロ・カザルス……。一八七六年生まれ。スペインのカタロニア地方の町、ベンドレルに生まれる」

同じようなことを佳世ねぇちゃんが言っていた。清は身を乗り出した。

「十一歳でチェロを志した。バルセロナ市立音楽学校で学んでいます」

「私たちよりも下で……」

南が言った。

「そうよ。君たちは今、人生の中で最高の時期を生きているのよ。サン・サーンスという偉大な作曲家がいますが、カザルスが十三歳のときにサン・サーンスと運命的な出会いをします」

サン・サーンス、白鳥だ……清は身を乗り出した。

「サン・サーンスがオルガンリサイタルでバルセロナを訪れたときです」

高山先生は、本を閉じると、待っててね、といって教室を出て行った。

音楽室のあちこちで話し声がしていたが、清は佳世のことで頭がいっぱいだった。

高山先生が戻ってきた。手に鍵をぶら下げていた。高山先生は楽器倉庫の扉の鍵を開けた。

誰かが、盗難があったから鍵つけたんだぜ、と言った。

高山先生は、楽器を手にしていた。清はすぐにチェロだとわかった。

「これがチェロ」

「私、知ってる。バイオリン習ってるもん」

理恵子が言った。

高山先生はチェロを手にして椅子に腰掛けると言った。

「これね、弓を持っているこっちの手」

右手に弓を持ったまま掲げて、そして、下げた。

「チェロの胴体の脇腹にぴったりとつけて弾く」

高山先生はチェロを弾いた。

「あっ、夢のあとに、フォーレだ」

清は胸が張り裂けそうだった。

「でもね。今の弾き方だと窮屈なの」

高山先生はもう一度、『夢のあとに』を弾いた。

「旋律も繊細になるでしょ。肘を柔らかくしてね、こうした弾き方をすると……」

高山先生は黒板に
〈ボーイング〉

と書いた。

「柔らかい弾き方ね、このボーイングはカザルスの考案なの」

「先生、もう一曲、お願いします」

理恵子だった。

「そうね。いいわ。バッハね。無伴奏チェロソナタ、舞曲、プレリュード。最初だけよ」

佳世ねぇちゃんが言っていた古本屋のスコアの曲だ。

清は、高山先生のチェロを聴きながら涙がとどめもなく溢れてきた。

高山先生は立ち上がって腰から上体をゆっくりと曲げた。

清は一番に拍手をした。拍手は次第に大きくなり、鳴り止まなかった。

村井は、ピィーと長い口笛を吹いて、「お嬢」と言った。

「カザルスの故郷では、小鳥が、ピース、ピースと鳴くのだそうよ」

高山先生はそう言って音楽室を出て行った。

「一年C組の野呂清君、家から電話が掛かっています。至急職員室まで来てください」

校内スピーカーから自分の名前が呼ばれたから清はびっくりした。家から電話といっても、うちには電話はないのに。もしかしたら、佳世ねぇちゃんが……？　胸騒ぎがした。清は音楽室を飛び出し、渡り廊下を走りぬけて職員室に駆け込んだ。

「清、佳世さんの様子がおかしいんだ。先生に断って帰っておいで。そうそう、その前に大野さんに寄って、先生に来ていただいておくれ。母ちゃん、佳世さんに付いているからね」

外は雪が降ってきた。小雪の中を清は走った。


清は布団の中の佳世を一目見て何も声が出なかった。清にも佳世の容態がただごとではないことが分かった。

大野は一旦、富江の顔を見て唇を結び直した。

「……！」

大野は大きな呼吸を一つした。

そして「今夜がヤマでしょう」と言った。

佳世は肺炎を併発していた。

富江はすぐにジェームスに連絡をとった。佳世の実家にも「カヨ　キトク」の電報を打った。

夕方から佳世は昏睡状態に陥った。唸されたり、うわ言を言ったりした。清は富江から家に帰っているように言われたが、心配で、家に帰るどころの話ではなかった。ジェームスも思いは同じらしく、身じろぎもせず佳世の顔を覗き込んでいる。

「佳世ねぇちゃん」

「カヨコ！」

佳世の意識が戻った。

佳世は清の姿を認めると、何か言いたそうに口を動かした。

「佳世ねぇちゃん、何だい？」

「ラ……ジ……オ、ラジオ、はやくできるといいね……いちどききたかった……」

「佳世ねぇちゃん、もう直《じき》できるから、一緒に聴いておくれよ、ね」

佳世は微《かす》かに首を縦に動かした。

「キヨシくんと……友達になれて……愉《たの》し……かった。あ、り、が、と。何があってもくじけ……ちゃ、だめ、よ……」

おばさん……、佳世は富江を目で探した。

「いろいろ、おせわ……に、なり、ま、した。あと……の、しまつ、も……」

お願いします、というように手を合わせた。富江は目を真っ赤に泣きはらし、佳世の手を取って何度も頷いた。

ジェームスは外に目を移してから顔を佳世の顔に近づけた。

「Kayoko,——Virgin snow is so beautiful」

ジェームスが精一杯の笑顔で佳世に話しかけた。

佳世は応えた。

「Oh, my darling……, I……I love you. I want to…go to Ohaio……」

その後はもう、聞きとれなかった。ジェームスは、佳世の右手を自分の大きな掌《てのひら》で包んだ。

清は鏡台の上に置いてあったオルゴールの蓋を開けた。佳世は口元に笑みを浮かべ、トロイメライのメロディーに聴き入るように目を閉じた。

「佳世ねぇちゃん、雪がずいぶん積もったよ。おれ、小さな雪だるま拵《こしら》えてきてあげようか」

佳世の口元が動いた。

「佳世ねぇちゃん……？　佳世ねぇちゃん！」

「……」

それきり、佳世の意識は二度と戻らず、明け方、佳世は静かに息を引きとった。

「Oh my God!」

ジェームスは亡骸《なきがら》を抱きしめ、佳世の唇に激しく自分の唇を押し当てた。清はぼんやりそれを見ていた。まだ、何が起こったのかよく理解できないでいた。

「嘘だ……、母ちゃん、嘘だろ……？」

「清……」

「そうか、夢なんだ、これ。だって佳世ねぇちゃんが死ぬわけない……死ぬわけないのに……佳世ねぇちゃんの馬鹿！　馬鹿、馬鹿！」

富江が大宮前に佳世の死を電報で報らせた。小室家からは通夜の読経が始まった頃に使いとして、清にオルゴールを託《ことづ》けた年配の女が来た。女は焼香を済ますと、主《あるじ》からだと言って金の包みを置いて帰った。香典にしては多すぎる額だった。

「おそらく、お葬式とお墓の費用なんだろうけど、佳世さん、可哀想だね……。人の世の中には、お金では済まないことだってあるんだ。何があったか知らないけど、我が子じゃないか。私はお金ほしさで報らせたんじゃないよ、最期に一目だけでも会ってやってほしかったんだ。こんなものもらったたって、佳世さん浮かばれやしないよ……」

寂しい通夜だった。民生委員の亀山と、夜もかなり更けてから北見先生が弔問に来た他は、たぶん佳世がホステスをしていた頃の仲間だろう、水商売風の女が二、三人焼香に来ただけで、訪れる者もいなかった。

清は佳世の部屋の片隅で、ジェームスに手伝ってもらって、もう一歩のところまできていたラジオの組立を完成させた。

「出来た！　ジェームス、佳世ねぇちゃんに聴かせてやろうよ」

ジェームスは大きく頷いた。

清はスイッチを入れた。

ジェームスが、ＦＥＮにダイヤルを合わせた。

明るい軽快なリズムの曲が終わって、英語の語りが入り、曲が変わった。

♪Red sails in the sunset
'Way out on the sea
Oh, carry my loved one
Home safely to me.

She sailed at the dawning
All day I've been blue
Red sails in the sunset
I'm trusting in you.
Swift wings you must borrow
Make straight for the shore
We'll marry tomorrow
And she goes sailing no more.

Red sails in the sunset
'Way out on the sea
Oh, carry my loved one
Home safely to me.

ジェームスに寄り添って歩いていた佳世、佳世の笑い声、夕焼けをじっと見ていた佳世——夕映えの浜に暮れなずむ二人の影が清の脳裏に蘇った。

「佳世ねぇちゃん……！」

清は大声を上げて泣いた。

翌日は雲一つない青空だった。告別式には、北見先生と大学時代の友人、医者の大野、誰から聞いたのか徳屋の夫婦も店を休んで参列した。村井や黒田、中山、それに南と文子も顔を見せた。佳世とは面識のない西富も一緒だ。

ジェームスは葬儀に来てくれた一人一人と握手をし、一人一人に「アリガト　ゴザイマス」と礼を言った。

「清、佳世さんに最期のお別れをしなさい」

佳世は花に囲まれ、静かに眠っていた。富江が薄化粧を施した佳世の顔は、やつれも消え、美しく微笑んでいた。元気な頃の佳世そのままだった。

柩に蓋がかけられ釘を打つ音が響いた瞬間、清は思わず耳をふさいでいた。コンコンコン、コンコンコン……

どんなに耳をふさいでも、音は執拗に追いかけてきた。清は音を振り払うように頭を振った。

「出棺です」

佳世の柩が霊柩車の中に納められた。

「母ちゃん、おれ、焼場には行かない」

「え……？」

「佳世ねぇちゃんが焼かれるとこ、おれ、見たくない！」

佳世を乗せた霊柩車はどんどん遠去かり、やがて見えなくなった。

「グズラ、行かなくて本当にいいのか。お前の佳世ねぇちゃん、見送ってやれよ」

村井が言った。

「そうよ、清君、行ってあげなさいよ。きっと寂しがってるから」

南も言った。

黒田と文子が清の背中を押した。

「……」

山中が道路を指差して言った。

「早く行けよ」

「おれ……、おれ、行ってくる」

清は焼き場に向って、一目散に駆けた。走る清の耳に、音楽が鳴り響いていた。

♪Red sales in the sunset
'Way out on the sea

清はお猿畑の急な坂道を登りきって、焼場の入口に立ち止まった。
煙突から煙が上がっていた。

清には煙が白く揺らいで見えた。
煙が澄んだ冬の空に吸い込まれていった。
清の耳元にチェロがきこえる。
青い空を一羽の鳥が大きく弧を描いて舞っていた。

解説

坂口　順治

子どもではないが、まだ大人にはなっていない。子どもでありながら大人のところもある。子どもと大人の間を行ったり来たりしている、曖昧な十三歳という年齢。

多感な少年期におけるひとつの出会いが、それからの彼の生き方を決定づけてしまうことがある。サナギから蝶に変わるように、少年は戸惑いつつも、突然に大人の世界に入っていく。

昭和三十年代初頭の湘南・逗子で母親と二人で暮らす清は、年上の女性・佳世に出会う。米兵からの手紙を和訳してほしいと清に頼む佳世。佳世からチェロ奏者カザルスの少年期の逸話を聞き、音楽の世界に興味を抱く清。清は佳世を通して大人の世界を垣間見る。そして惜別の日が訪れて……。

この作品は、清を取り囲む人々――母親や学校の友達、周囲の大人との日常を綴り、清少年の自我の目覚めに焦点を当てつつ、敗戦国日本のその後の暮らしや風俗を織り交ぜて、戦後十年を経た日本の地域社会を見事に描写している。

清をはじめ、ここに登場する中学一年生をいまどきの中学一年生と比べて、考えることや行動に幼いところがあると感じる人があるかもしれない。反対に大人びていると捉える人もあるだろう。しかし、本書が描いている、少年期を脱して大人になっていく際の子どもたちのこころの動きは、現代の少年が社会に対して抱く欠乏感あるいは疑問や憤懣を受け止めるひとつの手がかりとなりえる。

ティーン・エイジの子どもたちが大人になっていく心理的な過程を知るには、こころの内側からの理解が大切である。統計的な数字で客観的に理解しても何の役にも立たない。内側から共感しながら了解できる大人こそが、子どもの教育に携われるのである。

本書は、教育者であり、和文化の継承から人的資源管理理論まで幅広く活躍する葛田一雄氏が長年温めてきた初の小説であるが、人間としての生き方を問いかける出色の出来栄えである。

（元日本生涯教育学会会長）

葛田一雄（くずた　かずお）

1943年神奈川県逗子市生まれ。明治大学法学部卒業。旧労働省入省、民間会社を経て40歳で独立。教育およびコンサルテーション分野に携わる。現在明治大学講師、青森公立大学講師、学校法人三橋学園理事、社団法人日本和裁士会理事。経営、人事管理に対する研究、和文化に関する著作、講演、プロデュース等を手がける。

夢のあとに

発行日　二〇〇五年九月七日　初版第一刷

著者　葛田 一雄

発行人　仙道 弘生

発行所　株式会社 水曜社
〒160-0022 東京都新宿区新宿一—一四—一二
電話　〇三—三三五一—八七六八
ファクス　〇三—五三六二—七二七九
www.bookdom.net/suiyosha/

印刷　中央精版印刷

制作　青丹社

ISBN 4-88065-147-8 C0093